GC NOVELS
三嶋与夢
イラスト／孟達
乙女ゲー世界はモブに厳しい世界です
THE WORLD OF OTOME GAMES IS A TOUGH FOR MOBS.
05

ルイーゼ
ノエル
リオン

アルベルク
ロイク
ユリウス
コーデリア
レリア
ユメリア
マリエ

「リオンさん、まずはお住まいのチェックですよ」
いったい俺が何をしたというのか！
「逃げられると思わないことだ」

乙女ゲー世界は
モブに厳しい世界です
THE WORLD OF OTOME GAMES IS A TOUGH FOR MOBS.
05

CONTENTS

THE WORLD OF OTOME GAMES IS A TOUGH FOR MOBS.

プロローグ

八月が目の前に迫った頃。

アルゼル共和国に留学した俺【リオン・フォウ・バルトファルト】は、学院の教室で椅子に座ったまま背伸びをしていた。

「やっと終わった～」

夕方になり、窓の外はオレンジ色に染まって実に美しく見える。

補習から解放されたという精神的なバイアスがかかり、今日の景色は一段と美しく見えた。

教室内には、俺の他にもホルファート王国から留学してきた面子《メンツ》が揃っている。

「はぁ～、ようやく私たちも夏期休暇ね」

肩を落としている【マリエ・フォウ・ラーファン】は、まったく嬉しそうには見えない。

学生時代に戻って夏休みが体験できると聞けば、テンションが上がりそうな奴なのに、だ。

そんなマリエを慰めるのは、マリエに恩を感じている【カーラ・フォウ・ウェイン】だ。

小柄なマリエと違って平均的な身長で、紺色の髪はストレートのロングだ。

「マリエ様、せっかくの夏期休暇なのに嬉しくないんですか？」

カーラの疑問に、マリエは教室内で楽しそうに話をしている五人組へと視線を向けた。

そこにいるのは、五馬鹿——もとい、同じ王国からの留学生たち。

「予定のない休みというのも新鮮だな」

そう言うのは【ユリウス・ラファ・ホルファート】だ。

紺色のショートヘアーの王子様は、笑顔で夏期休暇について話をしている。

「以前の夏期休暇は色々とありましたからね。殿下は何かご予定でも？」

ユリウスにそう尋ねたのは、【ジルク・フィア・マーモリア】だった。

ユリウスの乳兄弟《ちきょうだい》——幼い頃から共に育った特別な主従というやつだ。

「これから一ヶ月は何をして過ごすかな？」

頭の後ろで手を組んでいる【グレッグ・フォウ・セバーグ】が、夏期休暇の過ごし方について悩んでいた。

こいつらは元貴公子たちだ。

本来であれば、彼らは夏期休暇だろうと予定がぎっしりと詰まっているような生活を送る立場にあった。

だが、今は実家から見放されて自由の身になっている。

それが嬉しいのか、夏期休暇を楽しみにしていたようだ。

普段は口数が少なく冷静な【クリス・フィア・アークライト】も、グレッグと一緒に夏期休暇について話し合い盛り上がっていた。

「私は共和国の武器に興味があるから、少し遠出をしてでも武器を見て回りたい。博物館などあればいいのだが」

夏期休暇に博物館など、なんと高尚《こうしょう》な休日の過ごし方だろうか。

前世――あの乙女ゲーの世界に転生する前の俺なら、休日はダラダラと無駄に過ごしていたに違いない。

最後に【ブラッド・フォウ・フィールド】が、悩んでいる四人に提案する。

「みんなまだ予定が決まっていないのかい？　なら、飛行船を借りて共和国をクルージングなんてどうだろう？」

クルージングなんて言葉が出てくるなんて、やっぱりこいつら金持ちだな。

庶民がピクニックに行こうぜ！　と、軽い気持ちで誘うようにクルージングに出かけようとしている。

ユリウスが目を輝かせる。

「それはいいな。せっかくアルゼル共和国に留学したのだから、観光するのも悪くない。一ヶ月もあれば、多少慌ただしいが一通り見て回れるだろう」

こいつ、一ヶ月間をフルに使って観光するつもりだろうか？

なんと優雅《ゆうが》な夏期休暇の過ごし方だろう。

――だが、無意味だ。

俺はマリエに視線を戻すと、そんな五人とは対照的に現実を知る冷たい目をしていた。

カーラはそんなマリエを前にして狼狽《うろた》えている。

「ど、どうしたんですか、マリエ様？」

「カーラ、あの五人の面倒を見る立場の私たちが、休日を満喫《まんきつ》できると思う？　今までは学院があるからお昼は余裕があったけれど、明日からは朝から晩まであの五人の面倒を見るのよ」

マリエはとても冷めていた。

夏休みを喜ぶのは子供だけで、子を持つ親は大変だ。

今まで子供がいない時間があったのに、これからは朝から晩まで子供が家にいる。

専業主婦だろうと、仕事を持っていようと母親は大変だ――という顔を、マリエがしているように見えた。

今のマリエにとって、五人は面倒を見るべき子供らしい。

マリエが乾いた笑い声を出している。

「うふふふ――明日からお昼の用意もしないと駄目ね。どうしよう、食費がかさんじゃう」

これが、あの乙女ゲー世界に転生し、逆ハーレムを目指した女の末路である。

前世の妹であるマリエの姿を見て、どうしてこんなに悲しくなるのだろうか？

マリエを単純に可哀想とは思わない。

思わないが、逆ハーレムを目指した結果――五人もの面倒な男を養うことになった妹に、少し同情してしまうのは事実だ。

でも、ちょっと面白い。

今の状況は、まるで五人の子供を抱えているようなものだ。

逆ハーレムを目指した馬鹿な妹には、実に相応《ふさわ》しい罰ではないだろうか？

ニヤニヤしながらマリエを見ていると、そんな俺の頬がつままれた。

「い、いたいひゃ」

痛いよ、と伝えた相手はふわりとした長い髪をサイドポニーテールにまとめた女子だ。

髪の毛は根元が金髪で、毛先に近いほどピンク色になるグラデーションになっている。

お転婆そうな雰囲気を持ち、ちょっとだけギャルっぽい外見だ。

だが、本人は気さくで優しい子だった。

家庭的な面もあり、ギャップの強い子でもある。

「何をニヤニヤしているのかな？」

俺を見て笑顔で話しかけてくる【ノエル・ベルトレ】――本名を【ノエル・ジル・レスピナス】。

――あの乙女ゲーに二作目が存在し、ノエルはその二作目の主人公様だ。

俺はノエルの手から逃れ、そして頬をさすりながら答える。

「マリエが随分と面白いことになっているからね。興味深いと思わない？　逆ハーレムを目指した結果が、幸せとは限らないって示してくれる貴重なサンプルだろ」

笑っている俺を見て、ノエルは呆れるのだった。

「人の人生をサンプルなんて言い過ぎよ」

「悪かったよ。けど、笑えるからさ」

マリエには何度も苦労させられてきた俺からすれば、笑うくらいは許して欲しい。

生活の金銭的支援もしているのだ。

許されるはずである。

「リオンは性格が捻《ひね》くれているわよね」

ノエルは呆れた顔を見せるが、すぐに笑顔に戻る。

そして俺に顔を近付けてくるのだ。

鼻先が触れあいそうな距離だった。

「ねぇ、それよりも帰りに買い物に付き合ってよ」

「買い物？」

「マリエちゃんの家でお世話になっているし、たまにはあたしも貢献しておかないとね」

「別に気にしなくてもいいと思うけどね」

マリエちゃん、ね。

ノエルとマリエは、随分と親しくなっている様子だった。

それも仕方がない。

ピエールの一件以降、ノエルは俺たち――いや、マリエの屋敷で世話になっている。

俺も今はマリエの屋敷で暮らしている。

理由は――これが本当に困ったことなのだが、俺の右手の甲にある。

今は怪我をしたと言って包帯を巻いているのだが、その下には〝守護者の紋章〟と呼ばれる聖樹に認められた証が存在していた。

俺を認めたのは、ピエールの一件で確保した聖樹の苗木だ。

本来であれば、聖樹は巫女《みこ》を選ぶ。

その巫女が守護者を選ぶと聞いていたので油断していた。

俺は後ろの席を振り返る。

そこにいたのは【ジャン】という、共和国で知り合った学院の男子だ。

今回補習を受けている俺たちだが、ピエールが起こした事件の際に一時期学院に通えなかった生徒たちである。

その穴埋めとして、今日まで補習を受けていた。

「ジャンも今から帰るのか？　なら、一緒に買い物にいく？」

ジャンを誘いつつ、俺はノエルの様子をうかがう。

どこか拗《す》ねたような顔をしているように見えるのは——気のせいだろうか？

「僕はこれから用事がありますから。明日から、お世話になっていた親戚の家に戻るつもりです。心配してくれたようで、顔を出せと手紙が来たので」

ジャンは笑顔で俺の誘いを断った。

「そ、そうか」

「それに、二人の邪魔をするのも悪いですし」

ジャンはそう言って、ノエルの方に視線を向けた。

ノエルが少し照れている。

――俺は少し前まで、ノエルが好きな人物はジャンだと思っていた。

このジャンという男子生徒だが、攻略対象でも何でもないただのモブだった。

そんなジャンを好きになったなら、それも仕方がないと思っていたのだが――どうやら、俺の勘違いだったらしい。

困ったぞ。

ノエルがこの二作目の主人公なら、攻略対象の誰かと結ばれる必要がある。

そうしないと世界が危ない。

若者の恋愛事情で世界が滅ぶかもしれないのだ。

何て嫌な世界だろうか。

それなのに、現状はあまりよろしくなかった。

二作目の攻略対象――ノエルの恋愛候補だが、実はほとんどが現時点で接点が薄い。

一人目は【ロイク・レタ・バリエル】という、王道的な攻略対象だが――こいつ、ノエルのストーカーになってしまった。

ゲームでもちょっと独占欲が強いとか聞いたが、想像以上に危ない奴だったよ。

そのため、ノエルが嫌悪感を抱いており恋人候補から除外されている。

二人目は【ナルシス・カルセ・グランジュ】だ。

この人は学院の教師である。考古学に興味を持ち、趣味でフィールドワークによく出かける変わった貴族でもある。

多少趣味に走りすぎているが、悪い人ではない。

それでも、ノエルと現時点で接点が全くない。

ノエルも意識をするとか、しないとか、そんなレベルではなく「ナルシス先生？　あぁ、そう言えばそんな先生もいるわね」という状態だ。

ゲームでは二年生に進級するまでに、ナルシスの特別授業を専攻していないとフラグが立たずに自動消滅してしまう。

自動消滅と言えば、もう一人のフラグも消えている。

現在は学院の三年生である【ユーグ・トアラ・ドルイユ】だ。

こいつはノエルが一年生の時にフラグを立てないと、二年生の進級時に自動消滅――以降は関係を持てなくなる。

ノエルは接点を作っておらず、この三人目も恋人候補になり得ない。

続いて四人目の【エミール・ラズ・プレヴァン】だが、こいつは〝安牌《あんパイ》〟と言われるくらいに攻略が楽な恋人候補だった。

しかし、転生者――ノエルの双子の妹として転生した【レリア・ベルトレ】の恋人になっている。

レリアの奴がエミールを奪っていた。

ここまで恋人候補四人に可能性が全くない状態であり、最後の一人である【セルジュ・サラ・ラウルト】など、そもそも学院に登校してきていない。

出会いようがない上に、こいつは実家がノエルと微妙な関係だ。

何しろ、こいつの養父は【アルベルク・サラ・ラウルト】――ラスボスだ。

義姉は【ルイーゼ・サラ・ラウルト】――二作目の悪役令嬢だ。

そして、ラウルト家はレスピナス家を滅ぼした家。

今から結ばれるのかと問われると、難しいと言わざるを得ない。

――攻略対象の男子が全滅している。

おまけに、ノエルの恋人でもないのに、聖樹の苗木は俺を守護者に選びやがった。

どう考えても詰んでいる状況だ。

俺が考え事をしていると、ノエルが俺のシャツを指で掴み、立たせる。

「ほら、早く」

「分かったからシャツを引っ張るなよ」

俺たち二人は教室を出ていく。

その際、ノエルがマリエに声をかけた。

「マリエちゃん、足りなかった調味料はあたしたちで買っておくから」

それを聞いたマリエは、少しだけ複雑そうな表情をした。

「あ、ありがとう。それより、あに――リオン。戻ってきたら話があるから」

俺を「兄貴」と呼びそうになり、慌てて訂正する。というかマリエが話？

この場で出来ないということは、きっと今後のことについてだろう。

「あぁ、分かった。早く戻る」

すると、マリエが一度だけノエルに視線を送り、その後に俺に視線を戻す。

「――夕食の準備が面倒だから、二人で食べてきて。話は別に夜でもいいから」

「そ、そうか？」

何だかマリエの態度がおかしい。

ここ最近、こういう事が増えていた。

俺はそのまま、ノエルと一緒に買い物へと向かった。

◇

夜。

買い物が終わった俺とノエルは、オープンテラスのあるレストランで食事をしていた。

蝋燭《ろうそく》が置かれた丸テーブルには、大皿が三つ。

手元には小さい皿と、パンの入った小さなかごが置かれている。

空いている席には、購入したものが茶色紙の袋に入れて置かれていた。

俺はロブスターを茹でたような料理を前に、悪戦苦闘《あくせんくとう》しながら食事をしていた。

「これ、食べにくいな」

少し前に、ピエールの一件で共和国から莫大な賠償金を得ており、少し奮発してお高めの料理に手を出した結果がこれだ。

普段食べ慣れないものを前に苦労している。

「見ていられないわね。貸してみて」

それを見ていたノエルが、俺からロブスターらしき甲殻類《こうかくるい》を取り上げる。

すると、俺とは違って綺麗に解体していくではないか。

中の身を取りだしたノエルは、それを小皿に載せて俺に渡してくれた。

ノエルがテーブルの上に置かれていたナプキンを使い、手を拭きながら俺に「どうよ」と少し自慢気な態度を見せる。

「凄いな。ここまで綺麗に解体できるのか」

「解体って——まぁ、違わないけどね。どう？　これで食べやすくなったでしょ」

食べてみると身がプリプリしていておいしかった。

オープンテラスではなく、店内からは客たちの楽しそうな声が聞こえてくる。

店員たちの注文を読み上げる声も聞こえた。

店内の光、そして街灯の灯りもあって、テーブルの上は薄暗いがそれでも見えないほどではない。

逆に雰囲気が出て、これはこれで好きだった。

「これうまいな。ノエルも食べなよ」

「毎回おごってもらうと気が引けるのよ。リオン、最近は無駄遣いしすぎじゃない？」

ピエールの件が落ち着き、俺は共和国でそれなりに楽しく暮らしている。

問題は山積みだが、それはそれ、これはこれ、だ。

「買ったのもお土産がほとんどだ。家族が五月蠅《うるさ》くてね」

共和国のお土産が欲しいと五月蠅いのは、俺の家族――姉のジェナや妹のフィンリーだ。

珍しい物が欲しいのか、俺にお土産を無心してきた。

他にも世話になっている人たちに贈る必要もあり、少しだけ散財していた。

だが、全て理由があるので問題ない。

仕方がないのだと言う俺に、ノエルは疑った視線を向けてくる。

「でも、新しいティーセットはいらないわよね？　専用の鞄に入ったアレ、いったい幾らしたのよ」

「ははは――ノエル、これも食べてみない？　おいしいよ」

共和国に凄くいいティーセットがあったのだ。

お金も入って懐が温かく、欲しくなってしまったので購入した。

だが、自分のために購入したのはティーセットだけだ。

他は日用品がほとんどである。

「リオン？」

ノエルが話題を変えないので、俺は正直に白状した。

「――全部込みで十万くらいです」

十万――もちろん、日本円ではない。

日本円でいうなら最低でも一千万とか、そういう数字になってくる。

ノエルの予想を超えた金額だったのか、驚いていた。

「この前は高い茶葉とか、お菓子も買い集めていたわよね？」

「新しいティーセットでお茶会をしたかったんだ！　これは俺の趣味なんだ！　というか、ノエルもお茶を飲んだし、お菓子も食べたじゃん！」

そもそも、招待した相手はノエルである。

「い、いや、アレはほら――お、おいしかったし」

異世界というのは娯楽が少ない。

現代人の俺から言わせてもらえれば、趣味の一つくらい許して欲しい。

「数少ない趣味なんだ」

俺が落ち込んでみせると、ノエルが悪いと思ったのか謝罪してくる。

「ご、ごめんね。言い過ぎたわ。それにしても、リオンの趣味がお茶なんて意外よね」

まぁ、俺自身少し前まで「お茶？　あ〜、はいはい、お茶ね」という態度だった。

しかし、師匠と出会って俺の価値観は変わったのだ。

「ノエルも師匠のお茶会に参加したらきっと分かる」

師匠を嬉しそうに褒める俺を見たノエルは、食事を再開する。

「それ、何度も聞いたわ」

そうだね。何度も話したね。

俺も食事を再開すると、店員が近付いてきた。

「追加の注文は大丈夫でしょうか？」

ノエルは追加しないようだが、俺はする。

「一番高いジュースを頼む」

お金持ちだとアピールするため、高い品を注文してみた。

店員が困ったような笑みを向けてくる。

「あ、あの、そんなに高いジュースはありませんよ」

そんなのメニューを見たから知っている。

「冗談だ。追加で飲み物を二つくれ。同じ物でいいから」

先に注文していた飲み物と同じ物を頼む。

ノエルもそれでいいそうだ。

店員が離れると、ノエルが俺に聞いてくる。

「リオンはお酒を飲まないわね。マリエちゃんたちは飲んでいるし、王国でも珍しい方じゃない？」

この世界では十七歳にもなれば飲酒は認められている。

十五歳くらいで成人扱いを受けるので、そこからは自己責任だ。

だが、俺は酒にそこまで興味がない。

「お酒は二十歳から、って決めているんだ」

「何それ？」

「自分ルール」

別にこだわりもないが——何となく気が引けるので、二十歳までは飲まないことにしている。そもそも、そこまで酒が飲みたい！　なんて思わない。

ノエルが笑っていた。

そして、少し悲しそうな顔をして微笑む。

「どうした？」

尋ねると、ノエルが首を横に振った。

サイドポニーテールが揺れる。

「こんな風に食事をするのが夢だったのよ」

その言葉に、俺はノエルの妹の顔が思い浮かんだ。

「レリアとは？」

ノエルが少しだけ不満そうな顔をする。

コロコロと表情がよく変わる子だ。

「リオンは空気を読まないし、鈍いわよね。まぁ、別にいいけどさ。——姉妹は別っていうか、そもそもレリアにこんなことを望んでいないし」

「ふ〜ん」

姉妹の間に何かあるのだろうか？

まぁ、あのレリアとなら、何かがあっても不思議ではない。

あいつのせいで、今のこの状況が出来上がってしまったようなものだ。

「まぁ、楽しんでもらえればそれでいいや」

俺がそう言うと、ノエルが俺の顔を見る。

「何？」

ノエルが笑顔を見せたのだが、その顔はとても綺麗に見えた。

「おいしそうに食べてるな、って思っただけ。それより、この後なんだけど――」

この後の予定を確認してくるノエルだったが、俺たちのテーブルに近付いてくる足音が聞こえてきた。

店員ではなく、その人物は俺たちの知り合いだ。

俺はそいつの顔を見て、明らかに嫌そうな顔をしたのだろう。

――レリアが片眉を上げて、腰に手を当てて不機嫌さを隠そうともしない。

「そんなに嫌そうな顔をすることないでしょ」

ノエルが眉をひそめて、レリアから顔を背けるのだった。

「レリア、何の用？」

二人の間に気まずい空気が漂っており、周囲の客たちも興味からこちらを見ていた。

俺は溜息を吐《つ》く。

「噂をすれば、ってやつかな？　まぁ、座れよ。何か飲む？」

声をかけてやると、レリアは俺から顔を背けた。

「お構いなく！　――こっちも連れがいるもの」

レリアの後ろを見れば、少し離れた場所にサラサラした青髪のエミールが立っていた。

高そうなスーツ姿である。

それを見て俺はニヤニヤする。

「何だ、デートか？」

「五月蠅いわね！　それよりも、今日はあんたの家に行くから」

それを聞いたノエルの表情が険しくなった。

「レリア、だから邪魔をしないで、って言っているじゃない」

「大事な話だから姉貴は黙っていてよ」

レリアは言いたいことだけ告げると、俺たちのテーブルから離れていく。

エミールが申し訳なさそうにしており、俺たちに軽く会釈をしてレリアを追いかけた。

周囲がざわつく中、様子を見守っていた店員がジュースを持ってやって来る。

「お待たせしました」

彼の持っていたトレイに、俺は迷惑料としていくらかを置く。

それを見て、店員は喜んで下がっていった。

ノエルは俯《うつむ》いてしまっている。

レリア――あいつは俺たちと同じ転生者だ。

そして、あの乙女ゲーの二作目を知っている。

「――今日は食べたら帰るか」

「うん」

ノエルが落ち込んでしまっているので、今日はこのまま帰ることにした。

◇

屋敷に戻ってきた俺が、マリエと食堂で今後の話をしていた。

部屋に設置された時計が、二十三時を過ぎたことを知らせてくる。

「――レリアの奴、遅くね？」

俺がいつまで待たせるのかと苛々《いらいら》を募らせ、指でテーブルをトントンと叩いていると、マリエは欠伸《あくび》をする。

「デートでしょ？　遊んでくるんじゃないの。もしかしたら、いい感じになって今日は来ないかもね」

眠そうなマリエが目をこすり、レリアが来なくても仕方がないという感じだった。

「あいつ、人を待たせてふざけてない？」

「だから、デートで盛り上がったら最後までいくでしょ？　あ、そうか。ヘタレな兄貴には理解できないわね」

ヘタレと言われて俺は腹が立った。

「どういう意味だ？」

「どうもこうも、ノエルへの態度がヘタレじゃない。そもそも、国に残してきた婚約者たちが告白した時も酷かったわよね？」

アンジェとリビアの二人は、いつまでも答えを出さない俺にしびれを切らして二人の方から告白してきた。

た、確かに、それについてはヘタレだったかもしれない。

だが、ノエルのことは違うだろう。

「ノエルへの態度がどうしてヘタレなんだよ？」

言い返すと、マリエは本当に嫌そうな顔をするのだ。

「兄貴って本当に最低よね」

「――理由も言わずに最低呼ばわりか？　その最低な男から、生活費を援助されたのはどこのどいつだよ？」

マリエの弱点を突いてやると、涙目になりながら抗議してくる。

「そういうところも最低なのよ！」

ギャーギャーと言い合っていると、食堂に【ルクシオン】がやって来た。

メタリックな球体ボディに、赤い一つ目という姿。

今日も主人を主人とも思わないような物言いで、俺に知らせてくる。

『マスターがヘタレなのは私も否定できませんね』

「おい!?」

『それよりも、お客様がご到着ですよ』

食堂から窓の外を見れば、外が明るかった。

車のライトの明かりだ。

「レリアか？」

『エミールに送り届けてもらったようですね』

エミールは優しい男だな。

マリエが玄関へと向かうと、しばらくしてレリアを連れて戻ってきた。

エミールの車が屋敷を離れていく。

レリアが席に着くと、マリエは用意していたポットから飲み物を用意した。

それを受け取るレリアは、いきなり本題に入る。

「それで、これからどうするのよ？」

俺とマリエは顔を見合わせ、そしてお互いに鼻で笑ってから肩をすくめてやった。

レリアが俺たちを見て眉間に皺を寄せ、テーブルを叩くのだ。

「その態度は何よ！」

マリエが上から目線で応対する。

「いきなりやって来て、これからどうする？　って言われてもね。そもそも、私たちが困った状況になっているのは、あんたの責任なんだけど？」

お前が悪いと言われたレリアは、立ち上がって反論してくる。

「私はこれまでうまくやって来たわよ！　あんたたちが引っかき回さなければ、姉貴だってロイクと

――は、難しかったかもしれないけど」

レリアも動揺していた。

今のロイクは、控えめに言ってストーカーだ。

正直に言えば犯罪者だ。

あ、どっちも同じか。

そして、ノエルが嫌悪感を抱いており「生理的に無理」というレベルになっている。

ここから恋人関係にするのは、難易度が高すぎるため諦めた方が利口だろう。

俺はレリアに茶菓子を用意してやった。

「ノエルの恋人候補になる連中の状況は調べたが、もう全滅だったぞ」

ルクシオンを見ると、俺の話を引き継いでレリアに現状を伝える。

『ナルシスですが、今年度いっぱいで学院を去る可能性が高くなっています。そして、ユーグについてですが、現在は婚約話が進んでいますね。エミールは既に貴女と恋人関係にあるとして除外したら、残るのはセルジュ一人だけです。そちらは現在、所在が掴めていないので情報不足ですが』

ルクシオンが調べられないのではなく、リソースの問題だった。

本気で捜せば見つかるだろう。ただ、見つけたところで、という話だ。

ノエルだが、セルジュの話題は避けている。セルジュ個人と言うよりも、ラウルト家の話題を避けている。恋人になる可能性は低いだろう。

レリアが困った顔をする。

「セルジュか――」

「何か知っているのか？」

セルジュについて説明を求めると、レリアは何やら歯切れが悪かった。

「――セルジュって冒険者に憧れていて、よく学院を抜け出すのよ」

「それは聞いた」

以前、ラウルト家にお呼ばれした際に、セルジュが冒険者に憧れているという話を聞いている。

「まぁ、その――私だってロイクの予備は必要だと思ったから、セルジュに近付いたわ」

マリエが首をかしげる。

「なら、どうしてロイク一人にこだわったのよ？　あんた、まさかセルジュも失敗したの!?」

「失敗って言うな！　ち、違うから。いえ、違わないけど」

ハッキリしない奴だ。

そもそも、どちらなのだ？

「そのセルジュ君に何があったんだよ？」

レリアが諦めたのか、セルジュについて話をする。

「――セルジュと知り合いになったまでは良かったのよ。でも、姉貴はラウルト家だからって受け付けないし、本人もその――姉貴に興味がなくて」

ノエルもセルジュも互いに興味がなかった。

それだけなら何の問題もない気がする。

しかし、レリアは続けた。

「あいつ、私に〝お前が好きだ〟って」

顔を赤くしてそんなことを言うレリアを前に、マリエがもの凄く苛立った顔をして舌打ちをするのだった。

何だろう――怖くて会話に割り込めない。

「あんた、人にあれだけ〝逆ハーレムなんて信じられない！〟なんて言いながら、自分は男二人に粉をかけていたの？　あんたみたいな女が、一番信用できないのよ」

レリアも言い返す。

「五人も囲い込んだあんたよりマシよ！」

まぁ、確かに五人と二人なら、五十歩百歩だがレリアの方がマシ――なのかな？

だが、こうなると本当に手詰まりだ。

「これは詰んだな」

俺の一言に、レリアが指をさして抗議してくる。

涙目になっていた。

「あんたが言うな！　あんたが守護者になるから、こっちの計画が狂ったんじゃない！」

言いがかりは止《や》めて欲しい。

俺が守護者になる前に、詰んだ状況を作ったのはこの女だ。

「俺は悪くない。仮に悪かったとしても、こんな状況を作り出したお前が悪い」

ハッキリ言ってやると、レリアが怒る。

逆ギレだ。

「私が悪いって言うの!?」

「当たり前だろうが。世の中、追い込まれて詰む奴が悪いんだ。そもそも、お前がもっとノエルの意見を重視していれば、こんな状況にはならなかったんだよ。ユーグやナルシスと出会うきっかけでも作っておけば、まだ選択肢だってあっただろうに」

言い返せないレリアが悔しそうにしていた。

まぁ、こいつも自分の計画を無茶苦茶にした俺たちに文句を言いたいのだろう。

それでも、この状況を作ったレリアが悪い。

「大体、自分はどうなんだよ？　もっとも安牌のエミールを確保してさ。状況を考えたら、エミールは避けるだろ」

マリエが俺の後ろで「言ってやって！　兄貴、こいつにもっと言ってやって！　いつもみたいに、相手を説教で叩きのめして！」と、応援していた。

お前は俺を一体どんな目で見ているんだ？

「どんな状況からでもリカバリーできる安牌君は残しておけよ。お前、自分がこの現状を作ったって、自覚してるの？？」

「普通そこまで言う!?」

「俺は言うね。男なら誰もが女性に無条件で優しくすると思うなよ。こっちはもう、怖いものなんてないんだよ！」

そう――怖いものなんてない。

だって、美人で優しい婚約者が二人もいるのだ。

俺、もう何も怖くない。

レリアが俯いてしまう。

小さな声で謝罪してきた。

「わ、悪かったと思っているわよ。私だって、ロイクがあそこまで酷いことになるとは思っていなくて。一年の時に、もう大丈夫と安心したから」

気を抜いて失敗した、と。

おかげで世界の危機が迫っている。

ただ、こんな話を続けていても何の解決にもならない。

「さて、改めて今後の作戦会議だ」

ルクシオンを見ると、今後の計画をいくつか説明しようとした。

『それでは、私から今後について――マスター、一大事です』

「どうした？」

計画の説明を止めたルクシオンが、俺にとんでもない情報を知らせてきた。

『王国から、アンジェリカとオリヴィアの乗った飛行船が急速に接近してきています。クレアーレも同乗しているようですが、どうやら緊急事態のようです』

「緊急事態!?」

王国で何かあったのか？

あの二人が大急ぎで共和国に来るなんて、大事件でも起きたか？

しまった。

ルクシオンの本体である宇宙船は、現在は俺の近く——共和国の近くにおり、王国の状況をリアルタイムで知ることが出来ない。

「到着は？」

『明日の朝には港に到着するとのことです』

「な、何かあったのか!?」

『まだ分かりません。クレアーレからは何の報告もありませんでした』

こんな時に、いったい王国で何が起きたのだろうか？

第01話

「浮気中なう！」

夏期休暇前のことだ。

アルゼル共和国で大きな騒ぎが起き、遠く離れたホルファート王国では事情が分からない時期があった。

共和国に留学したリオン一行を心配したのは、二人の婚約者である。

一人は公爵令嬢【アンジェリカ・ラファ・レッドグレイブ】。

輝くような金髪を編み込みまとめ、気の強そうな顔をした女子だ。

赤い瞳は意志の強さを感じられるが、今は不気味に微笑んでいる。

二人目の【オリヴィア】は、アンジェリカ――アンジェと違って平民だ。

王国の学園に特別に入学が許された女子で、あの乙女ゲーの一作目では主人公という立場にあった。

亜麻色の髪はボブカットにされ、普段はほんわかした雰囲気を出す可愛い子だ。

しかし、今は近寄りがたい空気を醸し出している。

表情はなく、飛行船【リコルヌ】――アインホルン級二番艦の船室で、共和国に到着するのを待っていた。

今、二人は夏期休暇を利用して、共和国に来ている。

理由は二人の婚約者であるリオンにあった。

アンジェがオリヴィア――リビアに話しかける。

大きな胸の下で腕を組み、苛々しているのか右手の人差し指が自分の腕をトントンと何度も叩いていた。

「悪名高い共和国の臨検《りんけん》はいつ始まるのだろうな？　もう一時間以上も待たされている。共和国を目の前にして、動くことも出来ないのは歯がゆいと思わないか？」

リビアは頷くと、窓の外を見るのだった。

「近付いてきただけで、動きが見えませんね。本当に何をしているのでしょうか？」

リコルヌはアインホルンと同型艦である。

船首が一本角に見える特徴を持っていた。

違いがあるとすれば、それは船体の色だ。

美しい白い船体は太陽に照らされて輝いて見える。

基本設計をしたのはルクシオンであるが、二番艦を勝手に建造したのは【クレアーレ】だ。

ルクシオンの子機と同じ球体ボディだが、色は白。

一つ目のレンズは青く、色違いである。

それだけではなく、性格も随分と違っていた。

電子音声も女性的なものである。

『もしかして、リコルヌの美しさを鑑賞《かんしょう》しているのかしらね？』

クレアーレの予想に、アンジェが椅子から立ち上がった。

窓の外を冷たい目で見ている。

「随分と悠長《ゆうちょう》なものだな。クレアーレ、共和国の警備艇に繋げ。これ以上待たせるなら、押し通ると伝えろ」

『あら、過激ね。マスターに早く会いたいからって急ぎすぎじゃない？』

アンジェが冷たい笑みを浮かべる。

「共和国にいるリオンの事が気になって仕方がないからな。お前が拾った〝ログ〟だったか？　あれに〝浮気中なう〟などとあれば、私だって心穏やかでいられないからな」

二人が夏期休暇に共和国まで来たのは、リオンの浮気を疑ってのことだ。

ただ、これに対して二人の考えは違っていた。

アンジェは怒りながらもリオンを許していた。

「まったく、遊ぶにしても順序がある。私たちを放置して好き勝手にするとは、いったい何を考えているのか」

公爵家――貴族の家に生まれたアンジェにしてみれば、男の浮気に怒っていては身が持たないと知っていた。

ただ、リビアは違う。

「リオンさんが浮気なんて信じられません。だって、私たちに手を出してこなかったのに、外国でこの短期間に浮気だなんて」

アンジェは困った顔をリビアに向けるのだ。

「リオンも男だからな。リビア、気にしていてはこれからもたないぞ」

「で、でも！」

生まれ育った環境が違い、考えも違う。

そんな二人の会話を遮《さえぎ》ったのはクレアーレだった。

『あら？　共和国の警備艇が逃げていくわね』

それを聞いたアンジェが首をかしげる。

「臨検はどうした？」

『通っていいらしいわよ。変な話よね』

リビアは少し考え込むが、首を横に振って気持ちを切り替えていた。

「でも、これで共和国に入れますね。リオンさんが本当に浮気をしていたのか調べることが出来ます」

リビアの本気の目を見て、クレアーレが困った声を出す。

『ほ、本当に知らせなくてよかったの？　マスターに二人が来る、って伝えた方がいいと思うんだけど』

それについてはアンジェに考えがあった。

「共和国まで近付けば嫌でもルクシオンが気付くのだろう？　前もって知らせてしまえば、証拠を消す時間が増えてしまうからな。いっそリオンの方から連絡してくれれば、私たちが乗り込む必要もなかったのだ」

アンジェにとって心配なのは、リオンの浮気だけではない。

リオンが本気になっていないかも気になるが、相手のことが知りたかった。

厄介な相手だった場合が問題だ。

リオンが手玉に取られるような悪女であれば許せない。

そうなれば、意地でも関係を終わらせるつもりだ。

だが、一番面倒なのは相手に権力がある場合だ。

共和国の貴族と関係を持った、となれば厄介極まりない。

それが格の低い貴族ならまだいい。

身分が高ければ大問題だ。

「リオンの奴、本当に大丈夫だろうな？」

浮気は許せない。

そして、リオンは王国の英雄であり――遊ぶにしても気を付けなければいけない身分だ。

アンジェは、もう一つ大きな問題を心配していた。

(浮気の相手がマリエでなければいいのだが)

ユリウスをはじめとした貴公子たちを籠絡《ろうらく》した女――マリエ。

そんな存在がリオンの近くにいる。

それが気になって仕方がないアンジェだった。

(リオン、お前は私を――裏切らないでくれよ)

◇

共和国の港へとやって来た。

予定の時間よりも少し遅れて入港した飛行船に、共和国の人たちが騒いでいる。

緊張した様子の軍人たち。

王国から来た飛行船は三隻だ。

ただし、集まった野次馬たちが注目しているのは一隻だけ。

その白い飛行船はアインホルンと色違いながら、瓜二つだった。

同じ色なら見分けが付かなかったかもしれない。

「細部は少し違うかな？　どう思う、ルクシオン。ルクシオン？」

リコルヌがアインホルンの隣に停泊すると、それを見たルクシオンが小刻みに震えている。

怒りを表現しているのだろうか？　芸の細かい奴だ。

『やってくれましたね、クレアーレ』

「え、何？　あの白いのを建造したのはお前じゃないの？」

『違います！　私が用意したアインホルンの予備パーツを勝手に使い、クレアーレが二番艦を許可もなく建造したのです！』

ルクシオンはお怒りだ。

だが、白くて綺麗な飛行船を見ていると、許せてしまう。

俺は痛くも痒《かゆ》くもないからね。

「別にいいだろ。アインホルンと同程度の性能があれば安心できるし。アンジェとリビアに使ってもらえよ」

『私の設計を変更しています。性能は未知数です。こんなことは許せません。ちょっとクレアーレを問い詰めてきますので、失礼いたします』

ルクシオンが飛んでいってしまった。

それを見送ると、白い飛行船からタラップが伸びてくる。

タラップを降りてくる人影を見た俺は、大きく両手を振るのだった。

「お～い、二人とも！」

久しぶりの再会に駆け寄ると、二人とも笑顔で俺を迎えて――あれ？

おかしいな。

二人は確かに笑顔だが、どうしてだろう――とても怖く見える。

俺は何かやってしまったのかと、徐々に縮こまっていく。

「きょ、今日はどうしたのかな？　二人とも、笑顔がちょっと怖いよ」

探るように尋ねる俺に対して、リビアが顔を近付けてきた。

とても近い。

鼻が触れてしまう。

「お久しぶりです、リオンさん」

笑顔で挨拶をしてくるリビアだが、すぐに表情が消えてしまった。

「ところで、私たちに隠し事をしていませんか？」

そう言われてしまった俺は、目を丸くして驚いてしまう。

隠し事？

多すぎてどれのことか分からない。

「な、何のことかな？」

こちらから色々と喋ってしまうと危険なので、俺はアンジェの方へと視線を向けた。

アンジェは微笑んでいる。

「元気そうで安心したよ。いや、元気すぎたのかな？　さぁ、リオン——全て喋ってもらうからな」

こんな時に俺を助けるべき存在のルクシオンは、白い飛行船に乗り込んだまま帰ってこなかった。

俺は心の中で助けを求める。

来い。

来るんだ！

今俺を助けないで、いつ俺を助けるんだ！

頼むから帰ってこい、ルクシオン！

引きつった笑みで助けを求めるが、悲しいことに心が通い合わない主従である。

心の声など通じるわけがない。

リビアが俺の腕を掴む。

その手を振り解こうと思えば出来るのに、精神的に凄く強い力で握られているように感じた。

「リオンさん、まずはお住まいのチェックですよ」

もう片方の俺の腕に、自分の腕を絡めるアンジェが耳元で囁《ささや》いてくる。

「今日のために夏期休暇の予定は全て終わらせてきた。逃げられると思わないことだ」

いったい俺が何をしたというのか！

色々とありすぎて、どれが二人の怒りに触れてしまったのか予想がつかない。

あれか？

共和国で好き勝手に暴れたことか？

ユリウスたちをこき使ったことか？　――そっちは別に怒らないだろうな。

それとも、歯の浮くような文章を書いたミレーヌ様への手紙か？

そう言えば、クラリス先輩にも手紙とお土産を贈ったな。

あれがまずかったのだろうか？

それか、少し前に外交官として訪れたディアドリー先輩と、ショッピングを楽しんだことか？

あ、お茶もしたな。

夕食には、結構お高めなレストランで楽しんだ。

他には――他には――そうか！　マリエに生活費を援助したことか！　これには二人も怒るだろう。

怒るかな？　でも、理由を知れば同情――しないだろうな。

マリエはアンジェから婚約者を奪ってしまった。

そんなマリエを、アンジェとリビアが同情するとは思えない。

くそっ！　どれに怒っているのか分からない。

「リオンさん、本当のことを話してくださいね」

「覚悟しておけよ。場合によっては私も本気を出すからな」

俺は二人に引きずられるように、港を去って行くのだった。

本当に俺は何をして二人を怒らせてしまったのだろうか？

◇

マリエの屋敷では問題が起きていた。

夏期休暇に入ったマリエだったが、おかげで朝から晩まで五人の世話をする必要がある。

「ちょっと！　お昼のために用意していたスープを食べたのは誰!?」

朝、昼、晩と食事を用意する必要があるマリエは、朝一に少し無理をして大きな鍋にスープを作っていた。

これで夕飯――いや、お昼は乗り切れると考えていたのだ。

リオンは朝から出かけてしまったが、それでも屋敷には食べ盛りの男子学生が五人もいる。

お昼のために用意していたスープの他には、パンやらハムなども見当たらなかった。

それに、使ったと思われる食器も放置されていた。

(し、信じられない！　私が朝から屋敷の掃除で大忙しだったのを、みんな知っているはずなのに!!)

リオンからアンジェたちがやって来ると聞いたマリエは、大急ぎで屋敷の掃除に取りかかったのだ。

カイル――マリエの専属使用人であるハーフエルフの少年も、カーラも、今も大慌てで掃除を行っている。

そんなマリエが、ようやくお昼だと台所にやって来るとこの有様だった。

声を張り上げるマリエを心配してやって来るのは、お茶の用意をしていたらしいジルクだ。

ティーポットを片手に持っている。

「どうしました、マリエさん？」

ジルクを見たマリエは、震える手で台所を指さす。

「みんなのお昼を食べたのは誰？」

十二時まで一時間もない。

今から大勢の食事を用意するなど難しい。

買い物から始めないといけない。

最悪、男共が食事を済ませたのなら、カイルやカーラを連れて自分たちは外食もありだと考える。

しかし、勝手に昼食を食べられたのが許せない。

それを聞いたジルクが、悪びれる様子もなく照れるのだ。

「あぁ、これですか。実はグレッグ君が、お腹が空いたと言い出しましてね」

「そう。——グレッグがやったのね」

「いえ。我々も同じく空腹だったので、五人で何かないかと探しました。そしたら鍋にスープがあったので、少々はしたなかったのですがパンやハムを持ち出して自分たちで料理をしたんです。たまには楽しいものですね」

マリエは目を大きく開いてジルクを見た。

この小さな体に渦巻く怒りを、どうやってぶつけてやろうかと考えていたのだ。

だが、ジルクはまったく気が付いていない。

台所に用意されたスープを温め、パンやハムを切るだけで料理したと言い切っている。

(それのどこが料理なのよ！　あんたら、自分たちのお昼をどうするつもりよ！)

怒鳴りたい気持ちをこらえ、マリエはすぐに五人を集めて注意することにした。

「ジルク——みんなを集めて。私が間違っていたわ。まず、この屋敷で暮らしていく上で、基礎を教えるべきだったのね」

これくらい考えれば分かるだろう、と思っていた自分を恥じる。

最初にガツンと教えておくべきだったのだ。

留学で慌ただしい日々を過ごしており、放置していた問題に向き合うときが来た。

マリエはそう思ったのだが——。

「え？　皆さん出かけましたよ」

――ジルク以外は出かけたらしい。

「出かけたですって!?」

自分たちは朝から忙しいのに、こいつらは遊び歩いている――それを知ったマリエは、我慢の限界に来ていた。

興奮しているマリエを見て、ジルクが落ち着くように声をかけてくる。

「マリエさんも落ち着いてください。そろそろお昼ですが、お腹が空いていませんか？　丁度良いお菓子が手に入ったので、これからお茶を楽しむところです。昼食前に少し食べませんか？」

怒ってもいるが、お腹も減っている。

マリエはとりあえず、何か食べて落ち着こうと考えた。

「分かったわ。それより、お菓子なんてあったかしら？　あに――リオンからもらったお菓子は、昨日食べちゃったし」

兄貴と言いそうになり、途中でリオンと言い直した。

リオンの趣味はお茶であり、お茶に合う茶菓子をよく買ってくる。

マリエもおこぼれにあずかれるので文句は言えないが、高いお菓子をいつも買ってくる兄には腹も立つ。

しかし、経済的な支援をしてくれるのもリオンだけであり、文句も言えなかった。

台所を出て食堂に入れば、既にジルクがお茶の用意をしていた。

マリエはテーブルの上を見てショックを受ける。

「何よこれ！」

テーブルの上に並べられていたのは、茶器やらお菓子と普通だ。

しかし、お菓子の量が多すぎる。

購入してきたスチール缶入りのお菓子たちが、積み上げられていた。

見るからに高そうなお菓子ばかりだ。

ジルクはマリエがショックを受けていることに気付かぬまま、自慢を始めるのだった。

「実は私も今帰ってきたところなんですよ。出かけた先でいい茶器を見かけて購入したので、ついでに茶葉とそれに合うお菓子も買ってみました」

茶器？　茶葉？　お菓子だけではなく、それらも購入したと聞いてマリエは震えるのだった。

「買ったの!?　お金は!?」

ジルクにだってお小遣いは渡しているが、そもそも大金など持たせていなかった。

ジルクは不思議そうにしている。

「え？　あぁ、皆で食べ物を探している最中にお金を見つけたので、買い物に出かける前に皆で五等分にしましたよ。報酬は人数で割るのが基本です」

冒険者の末裔《まつえい》らしい発想だ――などと、思うマリエではない。

食べ物探しを宝探しにたとえ、戦利品を山分けしました――と言ったところで、マリエには笑えなかった。

何しろ、この屋敷の中で大金があるとすれば、それはマリエのお金である。

正確に言うならば、リオンからもらった生活費だ。

マリエは食堂を飛び出し、お金を保管していた部屋へと駆け込んだ。

顔見知りばかりだと油断していたため、金庫になど入れずに隠していただけだった。

机の引き出しを二重底に改造した隠し場所は、見事に発見されて空になっている。

机の上には家計簿が置かれ、リオンからもらったお金をどうやりくりすればいいのか考えていたのだが——全て無駄になっていた。

「いぃいぃいやぁぁぁあああぁぁあぁぁぁぁあぁぁぁ!!」

お金は一銭も残っていなかったのだ。

マリエはショックで両膝を床に突く。

ガンッ！　といういい音が響いた。

それに気が付いてやって来るのは、透明なケースに入った聖樹の苗木を持つノエルだった。

丁度部屋の前を通りかかったのだ。

「マリエちゃん、どうしたの!?」

駆け寄ってくるノエルを見て、マリエは別の意味で慌ててしまう。

(にゃぁぁぁ!!　何でノエルがまだ屋敷にいるの!?　今日は家に帰るって聞いていたのに!?)

王国からアンジェとリビアがやって来るのだ。

マリエとしては、ノエルにこの屋敷にいて欲しくなかった。

だって——リオンはノエルの気持ちに気が付いていないから。

聖樹の苗木の入ったケースを脇に抱え、ノエルがマリエを抱き起こしてくる。

「どうしたのよ？　変な叫び声まで出して」

「う、うん。何でもないの。ちょっと——というか、かなりの大問題が起きただけだから」

「それって一大事じゃない！」

「そ、そっちは私が解決するからいいのよ！　それよりも、ノエルはどうして屋敷にいるの？　今日は帰るって話じゃなかった？」

マリエはそろそろリオンが戻ってきてもおかしくない時間だと考え、すぐにノエルを屋敷から出したかった。

本来なら、ノエルに事実を話してリオンを——諦めさせたかった。

だが、ノエルがいい子過ぎて——そして、リオンを見つめる目を見ると言い出せなかった。

あの乙女ゲーの二作目の主人公であり、質《たち》の悪い男に追い回されているのもあって近くに置きたいという理由もある。

しかし、今はまずい。

（どうして私が、鈍感兄貴のために苦労しないといけないのよ！　あの馬鹿兄貴、自分は「鈍感系主人公って嫌い」とか言いながら、察しが悪いにもほどがあるでしょ！）

リオンはノエルの気持ちを少しも理解していなかった。

実の兄——いや、前世の兄ながら、マリエは情けなくなってくる。

ノエルは照れていた。

「え、えっと、この子を日の当たる場所に移すのを忘れていたから」

聖樹の苗木を両手で持つノエルは、優しい顔をしていた。

愛おしそうに苗木を見ている。

その姿は、まるで主人公とキーアイテムが惹かれ合っているようにマリエには見えた。

「そ、そう。なら、急いだ方が――あっ!?」

マリエが何とかしてノエルを屋敷から連れ出そうと考えていると、聖樹の苗木が淡く輝き出す。

そのままノエルの右手の甲も輝き出すと、そこに紋章が浮かんでいた。

マリエの消えかかったあの乙女ゲーの知識にも残っている――〝巫女の紋章〟が、そこに浮かび上がっていた。

それを驚いたように見ていたノエルだが、段々と表情がやわらぎ、頬をほんのりと赤く染めるのだった。

マリエは焦《あせ》りを通り越して混乱してしまう。

(待って。ちょっと待ってよ！　まだ、イベントも何も起きていないのに、こんな状況で巫女の紋章が出るってどういうことよ!?　というか、これって――ノエルの相手はもしかして)

ノエルは右手の甲を見ながら、嬉しそうに呟くのだ。

「これでリオンにも紋章が現れたら――心が通じたってことだよね？」

マリエはそれを聞いて思い出す。

（し、しまったぁぁぁ!!　ノエルに兄貴が守護者の紋章を持っている、って教えてない!?）

今まで放置していた問題が、次々にまずい方へと転がっていく。

マリエは泣きたくなった。

そして――。

「ただいま～。あれ？　みんなはどこ？」

――のんきな声が玄関から聞こえてきた。

リオンである。

ノエルはハッとした顔をすると、マリエを連れて部屋を出るのだった。

「マリエちゃん、今は休んだ方がいいわよ」

「うん。うん――もう、私も色々と限界」

タイミングが最高に悪い状況でリオンが帰ってきてしまった。

マリエはもう――色々と限界だった。

（これ、いったいどうなるのよ）

◇

ノエルはマリエを部屋に送り届けると、苗木の入ったケースを持ってリオンに会いに行こうとした。

もしもリオンに紋章が出現するなら――それは、ノエルの恋が成就《じょうじゅ》したのと同じ事を意味する。

かつて巫女を輩出していた七大貴族の代表でもあるレスピナス家では、昔から信じられている伝説がある。

それは守護者に相応しい力を持った若者と、巫女が恋に落ちるというものだ。

子供の頃は半信半疑だった。

何しろ、政略結婚が当たり前の世界にいたのだ。

そんな話があるのは不自然だ。

同時に、そんなことがあればいい——とも思っていた。

そして今、ノエルの願いが叶うかもしれなかった。

ノエルは階段を降りながら、ケースを抱きしめる。

「お願い。苗木ちゃん——あたしの願いを叶えて」

王国からやって来た不思議な留学生——リオン。

ノエルにとって、リオンというのは頼もしい存在だ。

六大貴族に対して喧嘩を売る度胸も凄いが、倒してしまう実力も凄かった。

少々、問題も多いが——ノエルはリオンが嫌いではなかった。

自分が困っていれば助けてくれる。

少し口は悪いが、包容力のある男性だ。

ノエルは貴族として生まれたが、育ちはほとんど平民である。

そのため、価値観は貴族よりも平民に近い。

そんなノエルでも普通に付き合えるのがいい。

一緒にいて安心するし、これからもずっと一緒にいたいと思った。

ノエルはリオンが好きだ。

だが――階段を降りると、玄関からはリオン以外の声がする。

女性の声だ。

「まったく――マリエと一緒に住んでいると聞いて驚いたが、そんなことになっていたのか。だが、それならもっと早くに事情を伝えれば良かったじゃないか」

赤いドレスを着用した女性がいた。

リオンにとても近い位置に立っており、向けている視線を見てノエルは気が付く。

（――え？）

外見は少しきつめな印象を与える女性が、とても優しい目をリオンに向けていた。

彼女の反対側には、もう一人女性がいる。

その子はもう一人と正反対でおっとりした印象を受けるが、目には嫉妬の色が見える。

リオンの腕に抱きついていた。

「そうですよ。もう、私たちがどれだけ心配したと思っているんですか！」

怒ってはいるが、同時にリオンに甘えていた。

それをリオンは受け入れている。

「悪かったよ。こっちもバタバタしていて、ようやく落ち着いてきたところだったんだ。もう少し早く伝えておけば良かったね」

二人の女性に向けるリオンの視線は、本当に優しいものだった。

自分には向けられたことがない目だ。

リオンがノエルに気が付くと、普段通りの態度で接してくる。

「あれ？　今日は帰るんじゃなかったの？　おっと、紹介していなかったね。俺の婚約者の二人。アンジェとリビアだよ」

それが、ノエルにとっては辛かった。

自分など最初から、女として相手にされていなかったということだ。

そもそも、婚約者がいるという話すら聞いていない。

(何だ。あたし一人で盛り上がっていただけか)

ノエルはすぐに張り付けたような笑顔を用意すると、明るく挨拶をする。

「はじめまして！　ここでお世話になっているノエルです。それよりもリオン。こんな可愛い婚約者さんたちがいるなら、あたしを側に置いたら駄目じゃない。勘違いされるわよ」

リオンと自分は、勘違いされるような関係ではないと二人に伝える。

アンジェは笑顔で接してきた。

「話は聞いている。大変だったそうだな」

ロイクの話を聞いたのか、アンジェはノエルに同情していた。

ただ、リビアは——何か気付いたような目をしていた。

それを態度には出さない。

「えっと、オリヴィアです。リオンさんがお世話になりました」

「こっちがお世話になった方だから気にしないでいいよ」

笑顔で接するが、ノエルはすぐにでもこの場から消えたかった。

リオンに近付くノエルは、苗木の入ったケースを渡す。

「どうした？」

リオンは不思議そうにしている。

それが許せない。

だが、一番許せなかったのは自分自身だった。

「ご、ごめん。もう帰るから」

泣きそうなのを我慢して屋敷を出ていく。

屋敷を出て、涙を流しながら走って家に戻った。

久しぶりに戻った家には妹のレリアがいて声をかけてきたが、無視して部屋に入るとそのままベッドの枕に顔を埋めた。

第02話「一時帰国」

「え？　呼び出し？」

ノエルが急いで帰った後。

マリエの屋敷で、俺はアンジェとリビアを相手にお茶を楽しんでいた。

取っておきの茶葉とお菓子を用意していて正解だったね。

アンジェが俺の用意したお茶を飲むのだが、それが久しぶりで何とも懐かしく感じてしまう。

たった数ヶ月前までは、頻繁《ひんぱん》にお茶を楽しんでいたというのに。

「陛下からの呼び出しもあるからな。夏期休暇中なら問題ないだろう？」

こちらに予定らしい予定はなく、俺としては問題なかった。

気がかりなのはノエルなのだが、それを二人に言っても理解してもらえないだろう。

実はこの世界は乙女ゲーの世界で、ノエルは二作目の主人公なんだ！　――そんなことを言う俺に、二人がどんな目を向けてくるのか考えるだけでも恐ろしい。

「みんなで戻るのも何だかなぁ」

そう言うと、アンジェは俺の間違いを指摘してくる。

「マリエや殿下たちはこちらに残す。私たちと一緒に戻るのはリオンだけだぞ」

「え？」

てっきり全員で戻るのかと思っていたら、呼び出されるのは俺だけのようだ。

ローランドの奴、俺を呼びつけるなんて何様だろう。

――いや、王様だって分かってはいるが、あいつだけは何だか許せないのだ。

リビアがお菓子を一口食べ、そして皿の上に戻してしまった。

それは食堂に置いてあったお菓子なのだが、マリエが持って来たのだ。

どうやら、リビアの口に合わなかったようだ。

確か、ジルクが買ってきたお菓子と聞いた。

リビアは俺が用意した紅茶を飲んで口直しをしてから話し出す。

「実は、共和国で何か動きがあるようなら、今後のことも含めて話がしたいと王妃様も賛成されたんです」

「ミレーヌさんが！　いや、王妃様が？」

王妃様の名前を呼ぶと、二人の視線が少しきつくなった。

ホルファート王国の【ミレーヌ・ラファ・ホルファート】様は、ユリウスの実母だ。

だが、年齢の割にとても若くて綺麗な女性だ。

前世なら口説いていたかもしれない。

――待て、人妻だから口説いたら駄目だった。

本当に、どうして人妻なのだろう。

凄い好みなのに。

「え、えっと――それは戻らないといけないね」

話を戻そうとすると、リビアが頬を膨らませる。

「リオンさん、王妃様とお会いできると喜びますよね」

だって可愛いもん。

あの人がローランドの奥さんだなんて、今でも信じられない。

政略結婚って大変だよね。

アンジェが今後の予定を伝えてくる。

「悪いがすぐに王国へ戻ってもらうぞ。共和国で何かが起きれば、動けるのはリオンだけになるからな」

俺は共和国の政治に関わりたくないが、王国――ホルファート王国は違う。

六大貴族の一角であるフェーヴェル家が、権威を落とした。

まぁ、俺がボコボコにしてやったのが理由だが、そのために政変が起きれば王国にも影響が出てくる――可能性がある。

下手に関わることも出来ないが、留学中の俺なら何とか出来るだろうと考えているのかもしれない。

――俺を過大評価しすぎだな。

こっちは政治に関しては素人に毛の生えたようなものだ。

アンジェが食堂を見回す。

「それにしても、ここでお前が殿下たちと暮らしているのか。――マリエと間違いが起きないか心配だな」

それだけは絶対にないと断言できた。

「心配ないよ。俺とマリエの間には何もないし、これからも起きないよ」

そんな俺を見るリビアは、疑った視線を向けてくるのだ。

「本当ですか？　リオンさん、時々嘘を吐きますから」

「酷いな。俺は正直だけが取り柄なのに」

白々しい俺の言葉を聞いて、アンジェが小さく笑うのだった。

「お前の嘘くさい台詞を聞きながらお茶を飲むのも久しぶりだな。さて、急がせて悪いが、何もないなら明日には出発する。リオン、何か片付けておく用事はあるか？」

特にないが、お土産を買いに行きたかった。

「あ、それなら二人も観光しない？　俺は王国に戻るついでに実家に寄りたいから、お土産を買いたいんだ」

二人が顔を見合わせ、そしてうなずき合っていた。

「分かった。しっかりエスコートしてくれよ」

「期待していますからね、リオンさん」

二人に笑顔を向けられる俺は、とても幸せな気持ちだった。

そして、共和国の問題はしばらくマリエに対処させることにする。

だが、そうなると少しばかり——不安だな。

◇

その日の夜。

リオンはアンジェとリビアを連れて、観光に出かけてしまった。

ついでに夕食も済ませてくるらしい。

マリエが用意した夕食を食べたくないのだろう。

それはマリエも理解している。

だが、リオンが屋敷に戻ってこないのは困る。

「何で兄貴が戻らないのよ!?」

涙目のマリエが抗議する相手は、クレアーレだった。

『だって、二人がこの屋敷に泊まりたくないって言うんだもの』

「兄貴は戻ってきてもいいじゃない！　生活費の相談がしたかったのにぃ！」

生活費が五馬鹿に持ち出されてしまった。

幾ら戻ってくるか分からない。

下手をすると、夏期休暇を無一文で過ごすことになる。

「この国の食べられる草とか分からないのよぉ」

これが地元なら食べられる草だって知っているから、自分一人ならしのげる。

しかし、異国の地では話が違う。

周辺に生息している草が食べられるかどうか、マリエは知らなかった。

『――マリエちゃん、その辺で自生している植物を食べるつもりなの？　まぁ、その話は置いておくとして、仕方ないじゃない。あの二人がこの屋敷に泊まると思うの？　マリエちゃんとユリウスがいるこの屋敷に？』

ユリウスは以前、マリエに誑《たぶら》かされてアンジェとの婚約を破棄した。

そのような二人と同じ屋根の下で過ごすなど、アンジェも嫌だろう。

「兄貴の家があるじゃない」

『マスターが、そっちは掃除をしてないから駄目だろう、って。だから、今日はリコルヌで一泊して、そのまま朝にはアインホルンで王国に戻るのよ』

マリエは絶望した。

せっかくの外国での夏期休暇――それを楽しむことが出来ないと分かったから。

「どうすればいいのよぉ！」

そんなマリエを楽しそうに見ていたクレアーレが、ようやく事実を話す。

『もう、馬鹿ね。マスターもマリエちゃんの事情は知っているわよ』

「本当!?」

『しばらく共和国を離れるから、その間に何か起きたら対処しろって言っていたわよ』

「え、それだけ？　兄貴のばかぁ！」

期待していた追加の生活費は用意されていなかった。

クレアーレがバサッ、と何かを落とした。

マリエはその音に即座に反応する。

「こ、これって」

そこに落とされたのは、札束の入った袋だった。

『マスターがね。こっちでの活動費がいるだろうから、って用意してくれたの』

マリエは袋に飛び付くと、頬ずりしてしまう。

「お兄ちゃん大ぁい好きぃ！」

そんなマリエの姿を見たクレアーレは、呆れた声を出した。

『マリエちゃんって欲望に忠実よね。でも、嫌いじゃないわ。だって、旧人類の血が濃いし！　私はマリエちゃんが大ぁい好きぃ！』

マリエはルクシオンやクレアーレのような、旧人類たちの兵器の気持ちなど分からない。

だから、血やら遺伝子の話は聞き流すのだ。

今大事なのは生活費であり、マリエは札束が入った袋を大事そうに抱きしめる。

「兄貴にはこっちのことは任せて、って伝えておいて。六大貴族も、兄貴を怖がって手出しをしてこないだろうし」

『油断は大敵だと思うけどね。まぁ、今回は私がこっちに残ってお手伝いをするけど』

「え？　あんたが残るの？」

『マリエちゃんたちだけだと心配だからね。でも、私って元は研究所の人工知能で、ルクシオンほどの性能を期待されても困るんだけど』

クレアーレは『マスターにはできるだけ早く戻ってきて欲しいわね』と呟く。

マリエは「あんたがいれば安心じゃない？」と、のんきに考えていた。

六大貴族はリオンを恐れて動かないと――マリエはそう思っていた。

それよりも心配なのはノエルだ。

「私としてはノエルの方が心配だけどね」

『二作目の主人公よね？　何かあったの？』

「――失恋したのよ。まさか、兄貴に惚れるとは思わなかったわ」

◇

翌日。

レリアは部屋から出て来たノエルを見てギョッとした。

泣き腫らした目に、乱れた髪。

元から癖の強い髪質だったが、今は余計に酷い。

ノエルは照れ隠しなのか髪を触っていた。

「久しぶりに戻ってくると、ベッドも変な感じよね。今日は天気もいいし、部屋の掃除でもしようかな」

無理をして笑ってみせるノエルを見て、レリアは心配する。

「何があったのよ、姉貴？」

「何でもないわよ」

姉妹だから――双子だから分かる。

いや、誰が見ても、今のノエルに何かがあったのは察することが出来る。

レリアはノエルのために飲み物を用意する。

「言いたくないなら別にいいけど、話すと楽になるわよ」

用意したのはコーヒーだ。

ノエルに手渡した際、レリアは驚いて一瞬動きを止めた。

右手の甲を隠していたのだ。

それが何を意味するのか、大体察してしまう。

（まさか、巫女の紋章が出現したの？　でも、これって――姉貴の相手は、もしかしてリオンなの？）

順番は違うが、守護者と巫女の紋章が出現した。

ゲームで言うならクリア条件を一つクリアしたようなものだ。

だが、ノエルの様子はおかしい。

レリアは混乱するが、それを悟られないようにする。

ノエルは左手で顔を隠していた。

「――レリアは、実家の伝説を知っているわよね？　ほら、巫女と守護者の話よ」

レリアはコーヒーを飲みながら思い出す。

(そんな話もあったわね)

それはあの二作目の乙女ゲーにおいて、恋愛要素的な意味で大事な部分だ。

守護者とは本来ならば、巫女が選ぶ男性だ。

つまり、聖樹が人々に与える紋章の中で、最高位のものを得られるのは巫女に選ばれた人物ということだ。

そのため、あの乙女ゲーには作中にこんな伝説があった。

「巫女と心通わし、互いに強く相手を思いやる存在が守護者に相応しい。――だったかしら？　母さんもそうやって父さんを選んだわ」

(そう。ラウルト家のアルベルクという婚約者がいたけれど、私たちの母さんが選んだのは六大貴族じゃない父さんだった)

二人の父は紋章を持たない平民だった。

母親は、アルベルクを裏切って父を選んだのだ。

そのことに怒り、復讐のためにレスピナス家を滅ぼしたのが――ゲームではアルベルクだった。

レリアもその頃のことを覚えている。

（そして、二作目の主人公は学院で攻略対象と愛を育み、最終的に好きな相手を守護者に選ぶ。だけど、このままだと選ばれたのはリオンになる）

レリアからすれば困惑するしかなかった。

まさか、自分の姉がリオンを選ぶとは考えていなかったのだ。

ただ、ノエルは言う。

「あたしね――リオンが好きだったんだ。でも、一方通行みたいでさ。あのまま一緒に生活するのは無理だったから、戻ってきちゃった」

泣きながら言う。

ノエルの視線の先は、自分の右手の甲を見ていた。

精神的に弱っているのだろう。

巫女の紋章を得たことを隠そうとしているが、レリアにはすぐに理解できた。

（いいのか悪いのか、判断に困るわね）

守護者と巫女が揃ったのは嬉しいが、ノエルが落ち込んでしまっている。

今後の展開が読めない。

「あいつに告白したの？　モテそうにないし、姉貴が告白すれば喜んで飛び付きそうなのに」

リオンはロイクたちのような美形ではないのだ。

それに、浮ついた話も聞こえてこない。

だから、付き合っている女性はいないと思っていた。

ノエルが首を横に振る。

「婚約者がいたの。――二人」

「二人ぃ!?」

婚約者がいたのも驚きだが、二人もいるとは予想外だった。

「そ、そう。あいつも一応は貴族だし、王国だと珍しくないのかしら？」

そう言いつつ、レリアは自分の知識が間違っているのかと慌て始める。

(待ってよ。王国ってどちらかと言えば女性の方が強かった気がするけど、現実になると違うのかしら？　私もあいつらに確認を取った方がいいわね)

「ま、まぁ、事情は理解したわ。それで、姉貴はこれからどうするの？　いつまでも引きずるのは良くないわ。いっそ、新しい恋をしてみない？」

頭の中で誰を紹介しようか悩んでいると、ノエルは首を横に振る。

「今はいい。恋愛とか――考えたくない」

これは重症だと思ったレリアは、とにかくリオンやマリエと相談することに決めた。

ただ、この状態のノエルも放置できないので、今日は一日中付き添うことにした。

◇

王宮へと向かう前に立ち寄ったのは、俺の実家であるバルトファルト男爵家だ。

俺を出迎えてくれた親父が、両肩を掴んで前後に揺すってくる。

「お前は外国で何をやっているんだ！　やっぱり、婚約させて正解だった。いや、失敗だったのか？

とにかく、何でいきなり浮気をするんだ！」

実家にも俺の浮気疑惑が伝えられたようだ。

信用がないな。

「浮気なんかするかよ。誤解だったの。誤解！」

「ほ、本当だろうな？」

親父と話をしているところにやって来るのは、学園が夏期休暇に入ったので実家に戻ってきた姉の【ジェナ】だった。

「リオン、お土産は？」

そんな姉と一緒にいるのは、妹の【フィンリー】だ。

小柄でスレンダーな体形で、髪は短く毛先がカールしている。

俺に対する視線が厳しいのは、浮気の話を聞いたからだろう。

「――お兄ちゃん最低」

何で俺が責められているの？　誤解だと言っただろうが。

それよりも俺は、姉のジェナをマジマジと見た。

「な、何よ？　私に欲情でもしたの？」

冗談でも言ってはならないことがある。

実の姉に欲情などするわけがない。

俺がジェナを見ていた理由は、共和国にいる「お姉ちゃんと呼んで」――の人を思い出したからだ。

名前はルイーゼさん。

優しくて頼もしい人だった。

俺はジェナから視線をそらした。

「チェンジで」

そう言うと、顔を真っ赤にしたジェナが俺にまくし立ててくる。

「何よ！　何なのよ!?　いきなり人を見て〝チェンジ〟って！　あんたって本当に失礼よね。こんなのが浮気できるなんて、共和国って変わった国よね」

俺はジェナに言ってやるのだ。

「それはそうと、学園で結婚相手は見つかったのかな、お姉様？」

ジェナがプルプルと震えて、俺から逃げるように去って行く。

フィンリーもそんなジェナについていき、俺を見て「べ～」と舌を出していた。

ジェナのことだから、どうせ相手など見つからないと思っていた。

どうやら本当に相手がいないようだ。

俺は勝ち誇った笑みを浮かべて、ジェナを見送るのだ。

「勝ったな」

親父が呆れている。

「煽《あお》るなよ。ジェナだって頑張っているらしいが、今の学園だと男が守りに入って相手が見つからないんだぞ」

「守り？」

「結婚するなら、学園の常識に染まっていない子がいい、だったか？　まぁ、ジェナはうちの寄子《よりこ》の家に嫁がせるから、結婚は出来るだろう」

寄子とはうちの部下みたいな騎士家のことだ。

騎士爵とか、準男爵と呼ばれる家になる。

そんな家に上司の娘さんを嫁がせるというのは――俺も気が引けるな。

「ジェナを押しつけるの？　それって寄子の家が可哀想だよ」

「お、押しつけるって言うなよ。ちゃんと教育してから嫁がせる予定だ」

しょせんは予定だ。――今の様子を見る限り、厳しいと言わざるを得ないけどね。

それにしても、王国の結婚事情も変わりつつある。

俺は後輩たちが羨ましい。

いや、素晴らしい婚約者が二人もいるのだから、羨む必要などなかった。

親父が俺に尋ねてきた。

「それより、王宮に呼び出されたんだろ？　今回は何をやらかしたんだ？」

「俺がいつも何かやらかしているみたいに言わないで欲しいね。今回は共和国の偉い人の息子をボコボコにしただけだ」

「――俺は王宮に時々申し訳ない気持ちになるよ。お前がいつも迷惑をかけてごめんなさい、って」

心外な。

迷惑をかけられているのは、むしろ俺の方である。

◇

王宮へ顔を出すと、待っていたのはローランドだった。

謁見の間ではないため、面会は少し砕けた態度でも許される。

周囲にいるのは役人と護衛の騎士たち。

ミレーヌさんの姿もあるが、ローランドが俺と話をしたいそうだ。

疲れているのか顔色が悪く、髪も少し乱れていた。

共和国関連の事で連日忙しいらしく、そのことに対して愚痴を言われていた。

「元気そうだな、小僧。こっちは誰かさんのせいで寝る暇もないというのに」

「はい。毎日よく眠れます」

眠れていないローランドを前に、清々《すがすが》しい笑顔を向けてやった。

悔しいのか、ローランドは歯ぎしりをしている。

その顔が見たかった。

今日もよく眠れそうだ。

「お前のおかげでこっちは大忙しだ。本当に面倒事を起こすのが好きだな」

「共和国の貴族が喧嘩を売ってきたんです。買わないと失礼かな、って」

「喧嘩程度で戦争をするとか、野蛮な思考じゃないか。お前には失望した」

「ありがとうございます、陛下！　お前のその顔が見たかったから、俺も頑張ったよ！」

失望されても何とも思わない。

そもそも、ローランドは俺に期待などしていないのだ。

ローランドの悔しがる姿を見るために頑張ったところもあるため、俺としては予想通りの展開だ。

「今すぐにでもお前を処刑台に送ってやりたいよ」

「王妃様！　陛下がこんなことを言っていますよ！」

ミレーヌさんに助けを求めると、ローランドが「てめぇ、卑怯だぞ！」と慌てていた。

呆れた表情をしているミレーヌさんが、ローランドに注意をする。

「ユリウスを救った者を処刑台になど送れませんよ。むしろ、王国にとっては好機ではありませんか。リオン君――いえ、リオン殿には褒美を用意しなければいけません」

ご褒美がもらえるらしい。

今までは理不尽に出世させられてきたが、現在の俺は伯爵で三位下！　これ以上は出世できない地位にいる。

だから、褒美は出世ではないので、喜んで受け取ることが出来る。

――それよりも、俺はどうしてここまで出世したのだろうか？

自分でも不思議に思えてくるよ。

ローランドが俺から顔を背ける。

子供っぽい姿だが、俺は大人なので許してやることにした。

ミレーヌさんが今後の話をする。

「リオン殿のおかげで、共和国の内情について詳しく知ることが出来ました。聖樹を崇《あが》めているとは聞いていましたが、共和国にとっては実利も大きかったのですね」

共和国の内情について知らなさすぎではないか？

そう疑問を抱いたが、前世の知識を持つ俺だからそう思うのだろう。

この世界、情報の伝達が驚くほどに遅い。

また、信憑性《しんぴょうせい》に問題がある。

嘘か本当か分からない話も多いため、全てを鵜呑《うの》みに出来ないのも問題だ。

だが、俺個人を信用しているミレーヌさんからすれば、俺の届けた情報は正しいと思ってくれたらしい。

嬉しい限りだ。

「六大貴族のフェーヴェル家が力を落としたとなると、ラーシェルがどう動くのかも気になるところです」

「ラーシェル神聖王国ですか？」

共和国に大使館が置かれていたな。

ラーシェル神聖王国は、ホルファート王国の隣国だ。

敵対しているため戦争も多い。

ただ、ミレーヌさんの実家はラーシェル神聖王国を挟んだ向こう側にある。

レパルト連合王国。

大陸にある小国が集まって出来た国で、中でも大きな三家によってまとめられた国だ。

ミレーヌさんの実家は連合王国の盟主を務めている国である。

少し事情があり、面倒な統治をしている国だ。

何しろ、ラーシェル神聖王国が侵略を仕掛けており、小国では太刀打ちできないため連合を組んだ経緯《けいい》がある国だ。

そんな国の名前が出て来て驚いていると、ミレーヌさんが俺に分かりやすいように説明してくれる。

「ラーシェルはフェーヴェル家と繋がりがありますからね。フェーヴェル家が力を失ったとなれば、ラーシェルを頼る可能性もあります。また、ラーシェルが他の六大貴族に近付くかもしれません」

あぁ、そういう話だったのか。

よく分かった。

「あれ？　なら、うちの国はどこと親しいんですか？」

事前に話を聞いていなかったので尋ねると、ローランドが面倒そうな顔をする。

「特別親しい家はない。いや、なくなった、だな」

「――レスピナス家ですか」

かつてアルゼル共和国は七大貴族が統治していた。

代表を務めていたのは、ノエルやレリアの実家であるレスピナス家――しかし、十年くらい前に滅ぼされてしまったのだ。

ラウルト家によって、だ。

あのルイーゼさんや、アルベルクさんが関わっていたことになる。

俺にとっては悪い人たちではないだけに、ちょっと気が重いな。

「以降は親しい家を作らず、魔石を輸入するに止《とど》めている。そういえば、十年前になるか」

ローランドが懐かしそうにしていた。

ミレーヌさんは今後のことを考え、どこかと手を結びたいようだ。

「レスピナス家が滅んで十年以上の時が過ぎました。我々も他家と手を結ぶ必要がありますね」

アルゼル共和国は魔石を輸出して稼いでいる国だ。

そのため、ホルファート王国も太いパイプが欲しい。

それは理解できる。

俺はどこと手を結ぶのか予想するが――分からないな。

俺に政治センスなどない。

「フェーヴェル家は無理でしょうから、他の五家になりますね」

精々、フェーヴェル家は駄目だと分かるくらいだ。

ただ、ミレーヌさんもこの話を俺に丸投げするつもりはないようだ。

任せられても困るので、安心した。

「今後は頻繁に外交官を送りますから、リオン殿には現地でサポートをしてもらいます。六大貴族の子弟が学院に通っているそうですから、何か情報があれば共有してください。また、共和国で独自に動けるような立場を用意します。何かあれば、リオン殿の判断に任せます」

公の場ではないが、ミレーヌさんの口調は普段と違っていた。

仕事モードのようだ。

少しばかり残念である。

ただ、ミレーヌさんに頼まれたのなら仕方がない。

俺はホルファート王国の騎士で伯爵だ。

従うしかないのだ。

「お任せください」

そう言うと、ローランドが横から文句を言ってきた。

「お前！　私の時には凄く嫌そうな顔をした癖に、何でミレーヌには愛想がいいんだ！」

そんなの当然だろうが。

「日頃の行いの差かな？　陛下はもっと真面目に仕事をした方がいいですよ」

俺が堂々と言ってやると、周囲の役人や騎士たちが深く頷いていた。

彼らの中には「もっと言ってやってくれ！」と、こちらに視線を向けてくる者もいる。

ローランドの奴が、いかに普段が酷いのかよく分かる。

第03話

「五馬鹿を叩き出せ！」

リオンが一時帰国をしている頃。

マリエは屋敷で怒りに震えていた。

その様子を近くで見守るクレアーレは、非常に面白がっている。

『学習能力がないって可哀想よね！』

ケラケラと笑って楽しそうなクレアーレに対して、マリエは呼吸が荒かった。

肩が上下に動き、見開いた目は血走っている。

マリエの両脇に立つカイルとカーラは、何とかなだめようとしていた。

「ご、ご主人様、大丈夫ですって！　今回は半分を隠していたおかげで、見つかりませんでしたから！」

カイルがマリエを慰めるのだが、効果はまるでなかった。

マリエが見ているのは机の上だ。

そこには家計簿をメモ代わりに使い、マリエ宛てのメッセージが書かれていた。

『前回の反省を活かし、今回はマリエに喜んでもらえるプレゼントを用意する。予算として生活費から少しばかり使わせてもらう。楽しみに待っていてくれ』

そのような世迷い言が書かれていた。

マリエの額に血管が浮かび上がっていた。

握りしめた手からは、ミシミシと音が聞こえてくる。

カーラが泣きそうになりながら、マリエに声をかけている。

「大丈夫ですよ、マリエ様！　今回は食糧も事前に買い溜めしてありますから！」

無一文になっても、リオンが戻るまでは食いつなげるという意味だ。

だが、マリエは我慢できなかった。

「私は――言ったのよ」

カイルとカーラが、マリエから視線をそらした。

前回――生活費を山分けして遊び歩いた五馬鹿たちだが、戻ってきたら当然のようにマリエから怒られた。

しっかり怒ったのだ。

生活費を使ったら駄目だと伝えたのに、五人は何も理解していなかった。

マリエも馬鹿ではない。

リオンから追加でもらった生活費の半分を、こっそり隠した。

もちろん、残り半分も五人に見つからないように隠していた。

それをあの五人は、遊び歩いてマリエを放置したのがまずかったのだと――斜め上の発想に行き着いてしまったようだ。

「ちゃんと説明したわ。このお金は、私たちが共和国で生活するために必要なお金だから、勝手に使わないで、って。言ったわよね！」

マリエが振り返ってカイルとカーラを見れば、二人は背筋を伸ばして答える。

「確かに言いました！」

「わ、私も聞きました！」

マリエの激怒した顔を見て、二人は震えていた。

関係ないクレアーレは、この状況を楽しんでいる。

これからマリエが何をするのか、それが知りたいらしい。

そして、タイミングがいいのか悪いのか——ユリウスたちが戻ってきた。

玄関先から、楽しそうな声が聞こえてくる。

「これでマリエも喜んでくれるな」

「私としては、もっとマリエさんに相応しいものがあったと思いますけどね」

ユリウスとジルクの声がしたので、マリエは無表情になって部屋を出る。

カイルとカーラは、一度顔を見合わせてからお互い顔を横に振った。

黙ってマリエの後ろを付いて歩く。

マリエたちが玄関へとやって来ると、ブラッドが手を振った。

「お、みんな揃っているね。見てくれ、これがマリエへのプレゼントさ！」

五人が運び込んできたのは、沢山の花束だった。

玄関が花の香りに包まれていたが、量が多すぎて少しだけ不快だった。

五人が花束を持って来る程度なら、マリエだって怒りながらも照れて許しただろう。

しかし、五人が用意した量は多すぎた。

業者が次々に運び込んでくる花束の置き場所を、クリスが指示していた。

「その花束はこっちに置いてくれ。壺入りのやつはここがいいな」

色んな種類の花を揃えていた。

今から花屋を開けるくらいの量がある。

グレッグが鼻の下をこすって、照れている。

「やっぱりプレゼントと言えば花束だよな。マリエに相応しい花束を考えていたら、これだけの種類と量になったぜ」

それを聞いてもマリエの表情は戻らない。

無、そのものだ。

カーラが両手で顔を覆う。

「どうして皆さん、生活費を持ち出すんですか！」

そんなカーラの非難に対して、五人は不思議そうにしているのだった。

ユリウスが困った顔をしている。

「いや、少しばかり借りただけだ。それに、すぐに補充されるのだろう？」

マリエがリオンからもらった生活費は、結構な金額である。

それを少し、と言い切るユリウスの金銭感覚はおかしくはない。

何故なら、ユリウスたちは王族や大貴族の跡取りだった。

金銭感覚など、最初からマリエたちとは違うのだ。

マリエにとって大金だろうと、ユリウスたちにすれば小銭と一緒だ。

その程度、すぐにどうにかなると考えていた。

ジルクがユリウスに注意する。

「だから言ったではありませんか。花束など安易すぎる、と。やはり、私が選んだ壺が良かったのです」

「そうは言うが、アレは悪趣味だったじゃないか」

業者が運び終わったのか去って行くと、五人がマリエを前にして何がまずかったのか真剣に考えている。

マリエは――徐々に笑顔になり、それを見たカイルが呟く。

「――伯爵と同じ笑顔だ」

伯爵とはリオンの事だ。

そのリオンと同じ笑顔を見せるマリエは、階段を降りると五人に近付く。

ブラッドがマリエを見て安堵していた。

「ほら、マリエも喜んでくれているよ！」

クリスも嬉しそうにしていた。

「皆で選んだ甲斐があったな」

グレッグも同意する。

「マリエに相応しい数を揃えられなかったのが悔しいけどな。まぁ、今度金が手に入ったら用意すればいいか。それよりマリエ、腹が減ったから飯にしようぜ」

サムズアップするグレッグを見て、マリエが口を開いた。

「みんなごめんね。私が間違っていたわ」

マリエは五人に向かって謝罪した。

ただ――。

「本当に私って馬鹿よね。怒った程度で考えが改められるなら、これまで苦労なんてしなかったはずだもの」

――マリエから笑みが消える。

マリエは右手を握りしめた。

「私が甘かったのよ。あんたたちを教育するには、これくらいしないといけなかったのよ！」

マリエが大きく踏み込むと、驚いているグレッグの頬を殴って吹き飛ばした。

グレッグが玄関の扉にぶち当たると、ドアが乱暴に開いた。

そのまま外に転がり出るグレッグは、起き上がってこず目を回していた。

小柄なマリエの身体能力では、とても無理な芸当だ。

しかし、魔法のある世界だ。

魔力で肉体を強化したマリエは、大の大人が吹き飛ぶような拳を放てる。

グレッグが吹き飛んだのを見て、ジルクが慌てて止めに来る。

「マリエさん、いったい何を――ぐへっ！」

ジルクの綺麗な顔面に、マリエは再び拳を叩き込むと怒気を放つ。

「お前ら、並べ！　一発ずつぶん殴ってやるから！」

クリスがマリエを取り押さえようとした。

「マリエが混乱している！　みんな、取り押さえ――ふごっ！」

クリスのお腹に拳を叩き込み、玄関の外に吹き飛ばすとマリエはユリウスとブラッドを見るのだった。

フー、フー、と呼吸をするマリエは、興奮しており二人には止められそうにもなかった。

ブラッドが説得を試みる。

「やっぱり花束は安易だったね。分かった。マリエ――今日は僕をプレゼン――とぉぉぉ!!」

マリエに笑顔を向け、白い歯を輝かせたブラッドは頬を殴られきりもみ状に回転しながら玄関の外へと吹き飛んだ。

ユリウスが口を開けて驚いているところに、マリエはゆっくりと近付いていく。

「ユリウス。残っているのは貴方だけよ」

「ま、待ってくれ、マリエ！　いったい何が悪かったんだ!?　俺たちにも分かるように説明してくれ！」

マリエは笑顔で――不気味な笑顔で、手をコキコキと鳴らしていた。

「それが分からないから――あんたらを追い出すのよ！」

「お、追い出すって――ふぎゃっ！」

マリエの拳がユリウスのアゴを捉え、ユリウスはそのまま吹き飛ばされて玄関の外に出てしまった。

五人が玄関の外に出されると、マリエがドアの前で仁王立ちをする。

「丁度良い機会だから、あんたたちを試してあげるわ」

頬を押さえたブラッドが困っていた。

「いや、何を試すのか分からないけど、いきなり暴力は――」

だが、マリエは聞く耳を持たない。

「あんたらに欠けているのは、甲斐性よ！　夏期休暇の一ヶ月間、あんたらは外で稼いできなさい！」

稼げと言われたジルクが困っている。

「あ、あの、マリエさん？　外で稼げと言われても――何をすればいいのでしょうか？　仕事はあるんですか？」

「その仕事を自分で探すのよ。言っておくけど、冒険者として稼いだ、なんて認めないからね。少しは冒険者以外の世間も知りなさいよ」

仕事を探せと言われ、困惑する五人を見てマリエは鼻で笑う。

冒険者として稼げる五人だが、稼いだら稼いだ分だけ――いや、稼いだ以上に散財するのがこいつらだ。

これは真っ当な世間を知るいい機会でもあり、冒険者として稼ぐことは禁止した。

「バイトでも何でもいいから、とにかく自分で稼ぎなさい。少しは世間というものを学ぶといいわ。あ、それから私の好みは甲斐性のある男よ。この意味が分かるわよね？　この中で誰が一番稼ぐのかしらね。楽しみだわ」

マリエが好きなのは甲斐性のある男。

それを聞いた五人が顔を見合わせる。

その顔は真剣そのものであり、敵を見るような目をしていた。

マリエは五人を前に妖《あや》しく微笑むのだ。

「期間は一ヶ月よ。夏期休暇が終わる前に戻ってきなさい。あぁ、そうだ。途中で諦めて戻ってきてもいいわよ。でも、私を本当に愛しているなら――これくらいやり遂げてくれるわよね？」

◇

五馬鹿が去った屋敷。

そこではドアを修理するカイルとカーラの姿があった。

カーラは追い出された五人を心配する。

「殿下たち大丈夫かな？」

マリエも鬼ではない。

一週間は暮らしていける金額を五人には手渡した。

だが、五人が本当に稼いでこられるのか？

カーラは疑っている。

元は貴公子でお金持ちたちだ。

アルバイトなんてしたこともないし、そもそも一人で生きていけるのかも怪しい。

カイルは溜息を吐く。

「お腹が空けば戻ってきますよ。それよりも、ご主人様ですよ。五人が争うように仕向けていましたよね？　せめて、五人で協力できるようにすれば良かったのに」

カイルの疑問に対して、カーラはマリエの気持ちを代弁する。

「でも——複数の男性が自分を巡って争う、って女としてはちょっと気分がいいかも」

頬を染めてそう言うカーラを見て、カイルは首をかしげる。

「そういうものですかね？　まぁ、僕としては早めに現実を知って戻ってきてくれれば、言うことないんですけど」

修理も終わったので道具を片付け始めると、マリエがやって来る。

五馬鹿から解放されて、清々しい顔をしていた。

「二人とも修理が終わったみたいね。なら、すぐに支度をして！　今日は三人で外食よ！」

外食と聞いてカーラは驚く。

そんな贅沢《ぜいたく》が許されるのかと、心配になったからだ。

「マリエ様、でもお金が――」

「大丈夫！　五人はしばらく戻ってこないだろうし、生活費が浮くから！　それよりも、普段から頑張ってくれているあんたたちを、たまには労わないとね。今日はいっぱい食べなさい」

カイルがそれを聞いて喜ぶ。

「い、いいんですか!?　お肉とか食べちゃいますよ」

マリエは両手を腰に当てて胸を張っていた。

「食べなさい。一キロでも食べていいわよ」

カーラが右手を真っ直ぐに挙げる。

「はい、マリエ様！」

「何かしら、カーラ？」

「デザートは――デザートは付きますか！」

マリエは二人を前にしてとてもいい笑顔を見せていた。

涙が一筋こぼれていた。

五馬鹿から解放されたのが、とても嬉しかったようだ。

「今日はいっぱい食べなさい。屋敷の中も片付けたから、戻ってきたらお風呂に入って眠るだけよ。あんたたち――今日は食べるわよ！」

三人で外食に出かける――それがとても幸せなことだと、噛みしめる三人だった。

◇

一方。

屋敷を追い出された五馬鹿たちは、公園に来ていた。

周囲で子供たちが遊んでいる中、五人は真剣な顔を向き合わせている。

最初に口を開いたのはジルクだ。

「マリエさんは言いました。一番甲斐性のある男が好きだ、と」

それはつまり、五人の中で一番を決めるという意味だ。

クリスが眼鏡を人差し指で押し上げ、位置を正しつつ周囲を睨む。

「五人の中で一番稼いだ者、という意味だろうな」

普通の仕事で稼いだこともない五人だが、マリエの一番になれるなら話は別だ。

普段は仲が良い五人だが、やはり一番になれるなら――なりたい。

グレッグが腕を組んでいる。

「冒険者として稼ぐことは出来ないが、俺は手を抜くつもりはないぜ。悪いな、お前ら――マリエの一番は俺だ」

この勝負は負けられないと、五人が意気込んでいた。

屋敷を追い出されたことに対する文句もなく、今は誰がマリエの一番になるのかが重要になっている。

屋敷を追い出された瞬間から、五人はライバルだった。

ブラッドが前髪を弾く。

「いつか白黒ハッキリさせるべき問題だった。悪いが、マリエが選ぶのは僕だよ」

ただ、普段から誰がマリエの心を射止めるのかは、五人が気にしていたことだ。

これを機会として、五人は勝負を決めるつもりだ。

ユリウスが他の四人を見て、胸に手を当てる。

「俺はお前たちと正々堂々と勝負して勝つ！　そして、マリエの隣に座る」

五人が本気で睨み合うと、同時に背を向けた。

別々の方向へと歩き出す五人。

ジルクが言う。

「勝つのは私です」

ブラッドも去って行く他の四人に声をかける。

「マリエが選ぶのは僕だ」

グレッグも譲るつもりはないらしい。

「好きなだけ吼《ほ》えていろ。勝つのは――俺だ！」

クリスも負けるつもりがない。

「いずれ勝負を付ける運命だった。ただ、それだけだ」

ユリウスは最後に四人に声をかけた。

「再会を楽しみにしている」

別れる五馬鹿。

その様子を見ていた子供たちは、ぽかーんと口を開けて見送っていた。

◇

格好良く別れたのはいいが――ユリウスは困っていた。

「か、金がない」

安宿に泊まって、ベッドの上に置いたお金は小銭ばかり。

「くそっ！　景気づけにと初日に使いすぎてしまった」

三日目にして金欠だった。

お金も少なくなり、泊まれる宿を探したら――安宿を紹介されたのだ。

「それにしても酷い場所だな。まるで馬小屋だ」

安宿に失礼な感想を述べるが、それがユリウスの素直な感想だった。

元王太子であるユリウスからすれば、安宿など汚いので使いたくない。

ベッドの上にあぐらをかいて座るユリウスは、腕を組んで考える。

「しかし、困ったな。どこも俺を雇ってくれない。身分は確かなはずなのだが」

ユリウスも遊んでいただけではない。

ちゃんと求人を調べて面接に向かった。

それなのに、ことごとく不採用だったのだ。

「いったい何がいけなかったのか？」

このまま仕事が見つからなければ、明日には安宿にも泊まれない。

ユリウスは、いきなりつまずいてしまった。

「だが、俺が苦しんでいるように、皆も苦しんでいるだろう。ここで俺だけがおめおめと屋敷に戻るなど許されない」

他の四人もきっと同じ苦労を味わっている。

そう思ったユリウスは明日に期待するのだった。

◇

その翌日。

ユリウスは店員を募集する飲食店に足を運んだ。

困っている店主を前にして、堂々と自己アピールをする。

「俺はホルファート王国の出身で、名前はユリウス・ラファ・ホルファート。今では廃嫡《はいちゃく》されたが、元王太子だ」

自らの恥ずかしい部分も包み隠さず話す。

それが誠意だと思っているからだ。

廃嫡されたなど、不名誉なことだ。

しかし、雇ってくれる者に嘘を吐くのも忍びない。

そう思っての自己紹介だった。

「今は共和国に留学に来て、世間を学んでいる最中だ。是非とも、ここで俺を雇って欲しい！」

真剣に訴えるユリウスに対して、店主は首を横に振る。

「無理です」

「な、何故だ!?　身元を確かめたいのなら、ホルファート王国の大使館に問い合わせてくれてもいい。何なら、一緒に行こうか？　外交官たちも俺のことは知っているぞ」

身分を疑われたと思い、自分の身元を保証するため大使館の話も持ち出した。

店主は困っている。

「あ、あの、うちは見ての通りの大衆食堂です」

「それは知っている。アルバイトを募集しているのだろう？　だから俺が来た！」

店主はユリウスの顔から視線をそらし、手の平でガードするような態度を見せた。

「だ、だから、こんな店で元王子様を働かせるなんて無理ですって！」

「いや、元なのは王太子の方で、俺は現在も王子だ」

「余計に雇えませんよ！」

泣き出す店主を見て、ユリウスは思う。

(こ、ここも失敗だと)

ユリウスは肩を落として店を出るのだった。

◇

夜になり、公園のベンチに腰掛けるユリウスは空を見上げていた。

「何が悪かったんだ?」

自分のことを正直に話してしまったために、アルバイトとして雇ってくれる店は一つもなかった。

お腹が空くが、小銭しか持っていないため夕食は食べられない。

「――お金を稼ぐのが、こんなに大変だったとは」

今にして思えば、初日に使いすぎた。

半分でも残していれば、今日の寝床や夕食にも困らなかっただろう。

ユリウスは思う。

「みんな大丈夫だろうか?」

自分がここまで苦労しているのだから、きっと四人も苦労していると思って立ち上がった。

他の四人が心配になったのだ。

「皆の様子を見にいくか」

少し町を歩いて気晴らしをしようと歩き出した。

それに、野宿できそうな場所を探さなくてはならない。

いっそ屋敷に戻ってしまうか？

苦労している四人と一緒に、マリエに謝って許してもらおう。

そう、思い始めていた。

しばらく歩いていると、賑やかな居酒屋の前にやって来る。

甘辛いソースの匂いが食欲を刺激して、お腹を鳴らしてくるので中を覗いてみた。

だが、すぐにユリウスは身を隠した。

(ど、どういう事だ!?)

店の中にいたのはグレッグだった。

店員として働いているのではなく、客として訪れていたのだ。

店の入り口近くに座っており、グレッグたちの会話が聞こえてくる。

「おい、新入り！　もっと食え！　鶏肉がいいんだよ」

「いいか、グレッグ。卵だ。最強は生卵だ」

「馬鹿野郎！　最強はプロテインだ！」

筋骨隆々《きんこつりゅうりゅう》の男たちに囲まれたグレッグは、楽しそうにしていた。

いったいどんな仕事を見つけたのか分からないが、どうやらグレッグはうまくやっている様子だ。

ユリウスは思う。

（グレッグ、お前は稼いでいるんだな。俺ももう少し頑張ってみるよ）

グレッグも頑張っているのだ。

自分ももう少し頑張ろうと思い直し、街を歩いていると真新しいスーツ姿のジルクと出会った。

革製の旅行鞄を持っていた。

「ジルクか？」

ジルクが誰かと話をしていた。

握手をしており、お互いに笑顔である。

そして相手と別れると、ジルクもユリウスに気が付いた。

「殿下ではありませんか」

「あ、あぁ、元気そうだな」

たった数日の間だが、ジルクは服を購入していた。

「見た目が大事ですからね。それよりも、殿下は順調ですか？　私も負けるつもりはありませんからね」

先程まで屋敷に戻ることを考えていたユリウスは、自分が恥ずかしくなってくる。

だから、見栄を張る。

「も、もちろんだ。俺が一番になってみせる」

「それでこそ、殿下ですね！　私も負けませんよ」

「それよりも、お前のその服装はどうしたんだ？」

ユリウスが気になったスーツだが、ジルクは自分の姿を見て平然としていた。

「あぁ、初日に用意したんです。もっと高い物を後で買い直しますが、今はこれで我慢しているんですよ」

「初日に？」

マリエに用意されたお金で、ジルクはスーツを購入していたようだ。

「それよりも、急いでいるのでこれで失礼します。次の商談があるので」

「商談？」

足早に去って行くジルクは忙しそうだった。

ユリウスは呆気にとられる。

まさか、長年一緒に過ごしてきた乳兄弟でもっとも親しい友人が、自分が苦労している間にここまで成功しているとは思わなかった。

ユリウスは肩を落とした。

(俺は一体何をやっているんだ)

そうしてフラフラと人が賑わう場所から離れていこうとすると、ある建物から大勢の客たちが出て来ていた。

どうやら、芸を披露する劇場のようだ。

小さな建物だが、大勢の客たちが詰めかけていたらしい。

皆が笑顔だった。

「何かあったのか？　っ！」

看板を見て、ユリウスは目を丸くした。

そこには『希代の天才魔術師（笑）　ブラッドキュンのマジックショー』という大きな看板が用意されていたのだ。

客たちが口々に言う。

「ブラッド様は今日も素敵だったわ」

「私、明日も見に来る！」

「私も～」

女性ばかりではなく、男性たちも楽しそうにしていた。

「ブラッドの奴、まさか芸人としての才能があったのか？」

あのブラッドが人気者として芸を披露しているのが、ユリウスには信じられなかった。

何かの間違いだろうと思いたいが、友人の成功を妬《ねた》む自分に気が付き首を横に振る。

（俺はなんて情けないんだ）

友人の頑張りは認めてやるべきだと考え直し、そして今日の寝床を探すことにした。

すると――クリスと出会う。

「ん？　殿下ですか？」

「クリス？」

クリスは屋敷を出た時と同じ格好をしているが、その手には買い物帰りなのか荷物を両手に抱えていた。

「か、買い物帰りなのか？」

「はい。今は店で雑用をしています。ですが、見ていてください。すぐにもっと稼げるようになりますからね」

ユリウスはここで気が付いてしまった。

（も、もしかして、働いていないのは俺だけ――なのか？）

クリスはユリウスに笑顔で話をしてくるのだが、まったく耳に入ってこなかった。

そして、クリスがこんな質問をする。

「ところで、ユリウス殿下はどこで働いているんです？　私はこの近くの銭湯で――」

ユリウスは走り去る。

いや、逃げ出してしまった。

「俺だけ働けていないじゃないかぁぁぁ!!」

クリスが驚いて声をかけてきた。

「で、殿下ぁぁぁ！　どうされたのですか！」

「うわぁぁぁあぁぁぁあぁ!!」

四人もきっと苦労しているから、見つけて一緒に屋敷に帰ろうとしていた自分が酷く情けなくなった。

ユリウスはそのまま、走り続けるのだった。

◇

川辺にやって来たユリウスは、橋の下で座り込んでしまった。

ボンヤリと川の流れを見ている。

「――みんな頑張っているのに、俺だけ仕事が見つからない」

四人ともすぐに仕事を見つけたのだろう。

ジルクやブラッドなど、かなり稼いでいるような気がする。

グレッグやクリスは知らないが、それでも働いていないユリウスよりは稼いでいる。

自分が五人の中で一番――駄目だった。

それに気が付き、ユリウスは呆然としていた。

「このまま俺だけ帰れば、マリエにも愛想を尽かされるな」

自分で言っていて悲しくなってくる。

すると――ゴトゴトと音が聞こえてきた。

誰かが近くに来たらしい。

顔を上げると、そこには五十代くらいの男性がいた。

「兄ちゃん、元気がないな」

「――ま、まぁ」

返事をすると、同時にお腹が鳴ってユリウスは恥ずかしくなった。

俯くと、男性は口を大きく開けて笑う。

「腹が減っているなら丁度いい。うちで食べてくか？」

どうやら男は屋台を引いてきたらしい。

共和国語で「くしやき」と書かれており、ユリウスは口の中に急激に増えた唾液を飲み込んだ。

「わ、悪いが、持ち合わせが少ない」

「どれだけ持っているんだ？」

見せると、男性はユリウスの背中を叩く。

「うちなら、その値段で三本は食える。オマケで色々食わしてやるから、とにかく来い」

まだ屋台を引いてきたばかりで、客がいなかった。

男が何本か串を焼きはじめると、それを見てユリウスは目を輝かせる。

「兄ちゃん、串焼きは好きかい？」

「はい！」

ユリウスは焼かれた串焼きを食べると、そのまま無言で食べ尽くした。

お腹が空いていたからか、今まで食べたどんな串焼きよりもおいしかった。

「おいしかったです」

そう呟くユリウスを前に、男性――屋台の親父は話を聞く。

「思い詰めた顔をしていたが、何かあったのかい？」

ユリウスは困ってしまうが、おごってくれたお礼もあるので素直に話した。

ただし、一ヶ月だけアルバイトで生活する、という部分だけだ。

「やしき——家を追い出されましてね。一ヶ月は働いてこいと言われました」

「見た感じいいとこのボンボンだからな。まぁ、世間を知るのもいいだろうさ」

「でも、どこも雇ってくれなかったんです。知り合いたちはみんな働いていて、俺だけ取り残された感じで」

落ち込むユリウスに、屋台の親父は少し考える。

「一ヶ月でいいのか？」

◇

翌日。

「いらっしゃいませ！」

気合を入れて挨拶をするのは、ねじり鉢巻きをしたエプロン姿のユリウスだった。

屋台に来る客たちが、屋台の親父——大将をからかう。

「威勢のいいお兄さんを雇ったね」

「大将も引退か？」

「もう歳だからな」

口の悪い客たちを前に、大将は串を焼きながら言い返す。

「馬鹿野郎！　死ぬまで現役だ！　この兄ちゃんが困っていたから、一ヶ月だけ面倒を見るんだよ。

おい、ユリウス、お前も手伝え」

「はい、大将！」

ユリウスは大将の手伝いとして、屋台で働くことになった。

第04話「六大貴族バリエル家」

バリエル家――アルゼル共和国の六大貴族の一角である。

ロイクの実家であり、六大貴族の中でも力を持っている方だ。

だからこそ、現状に満足していなかった。

当主の【ベランジュ・レタ・バリエル】は、恰幅《かっぷく》のいい体つきをしている。

腕が太く筋肉質だ。

顔もアゴが太い。

一見すると豪快な印象を与える人物だった。

そんな彼は、アルベルクの王国への弱腰外交に苛立っていた。

「アルベルクの奴、共和国が下手に出れば今後の外交で不利益が出ると分かっているのか？」

ホルファート王国の伯爵に、フェーヴェル家が一方的にやられてしまった。

表向きは共和国内部での争いとなっているが、事実を知っているベランジュは心穏やかではいられない。

フェーヴェル家など、六大貴族の中では弱い部類――最弱だ。

その程度の相手に勝利して粋がっている王国の騎士がいては、腹立たしいという気持ちにもなる。

だが、自分がフェーヴェル家の仇討ちをするかと問われれば、答えは〝いいえ〟だ。

ベランジュもリオンと戦えば、ただでは済まないと理解している。

だからこそ、アルベルクの態度が許せなかった。

「五家が力を合わせ対処しても良かったのだ。それを、あいつが勝手に」

ベランジュにとってアルベルクとは――ライバルではなく敵だ。

同じ六大貴族だが、家の実力はほとんど同等だった。

それなのに、議長であったレスピナス家が滅んでからは、ラウルト家が議長代理を務めている。

ラウルト家の下に、バリエル家が存在するなど許せなかった。

「アルベルクから議長の地位を奪える手はないものか」

そんなことを考えているベランジュのもとに、部下が報告にやって来た。

「ベランジュ様――そ、その」

報告をためらう部下に対して、ベランジュは睨み付ける。

「さっさと報告しろ。ロイクは何をしている？」

自分の息子で、バリエル家の嫡男であるロイクは、最近行動が妙だった。

平民の娘に入れあげていると聞いているが、問題行動も目立ってきていたので調べさせたのだ。

「――噂はほとんど事実でした。一人の娘を付け狙い、学院でも悪い噂が広がっております」

「バリエル家の当主になろうという者が、何という醜態《しゅうたい》だ」

屋敷に連れてきて、一度きつく叱ってやろうかと考える。

「ただ、その相手が気に掛かります」

「あん？」

葉巻を咥《くわ》えるベランジュは、火を付ける前に部下の話を聞く。

「ベルトレ姉妹ですが、双子でした。妹の方はプレヴァン家のエミール様と恋仲にあるそうです」

「――厄介だな」

同じ六大貴族の子弟が、迷惑をかけた相手側にいる。

もみ消すのも面倒になる、とその程度に考えていた。

「こちらも詳しく調べたのですが、そのベルトレ姉妹――どうやらレスピナス家の縁者である可能性が高いのです」

ベランジュは葉巻を口から落とした。

椅子から立ち上がる。

「レスピナス家だと？　生き残りがいたのか？　いや、それよりも双子で姉妹――まさか」

ベランジュの記憶の中に浮かぶのは、レスピナス家の後継者候補――巫女候補であるノエルとレリアの幼い姿だった。

ベランジュの顔付きが変わる。

「アルベルクが逃がしたのか？　いや、あいつがそんな――何か理由があるのか？」

部下が困っていた。

「ベランジュ様、ロイク様の件は？」

ベランジュは、詳しい話を聞くためにロイクを呼び出すことにした。

「ロイクを連れ戻せ！」

◇

マリエの屋敷を出たノエルは、アパートで以前の暮らしに戻っていた。

夏期休暇中で学院は休みだ。

レリアは朝から出かけており、ノエルは一人だった。

今日の夕食を用意するため、ノエルは買い物に出かけることにする。

「今日は何にしようかな？　リオンは肉も魚も好きだけど――っ!?」

マリエの屋敷でも料理を手伝っており、その時の癖でリオンが喜びそうな料理を思い浮かべてしまった。

それが妙に心を締め付ける。

ノエルは気丈に笑った。

「あたしも駄目だな～。終わった恋はすぐに忘れて切り替えないと」

ノエルはカレンダーを見た。

今日の日付にレリアが印を付けている。

「レリア、今日は予定があって夜は帰ってこないのよね」

何の予定かは知らないが、朝から気合を入れて準備をしていた。

エミールが車で迎えに来ていたので、デートか何かなのだろう。

「レリアは昔から要領がいいわね。――あたしは、昔から鈍くさい」

双子だが、昔からレリアの方が要領は良く、周囲に認められていた。

両親もレリアに期待していたほどだ。

「お姉ちゃんだから、しっかりしないといけないのに」

部屋にいても落ち込むため、ノエルは買い物のために外に出た。

ドアに鍵をかけたところで声がかかる。

「やぁ、ノエル」

爽《さわ》やかな声が聞こえてきたので、慌てて振り向くとそこに立っていたのはロイクだった。

右手には首輪を持っている。

それがノエルにはおぞましかった。

ノエルが部屋に逃げようとすると、ロイクがドアを手で乱暴に押さえる。

バンッ！　という音が響いた。

「逃げるなよ」

ロイクの黄色い瞳が、ノエルを妖しく見つめていた。

ノエルは強気の態度を見せる。

「あんた――こんなことをしても無駄よ。あたしはあんたとは付き合わないわ。大体、六大貴族の跡取りが、あたしと付き合えるわけがないじゃない」

ロイクは微笑んでいる。

ノエルの頬に左手で触れた。

「俺の権力があればどうにでもなる。政略結婚をしても、一番はお前だ。ノエル、お前は俺の女になれ。一生、贅沢をさせてやる」

ノエルは我慢できずにロイクの頬を引っぱたく。

だが、その瞬間――ノエルの右手の甲を隠していた包帯が、解けてしまう。

ロイクの目が見開かれるのが見えた。

(しまった!?)

それに気が付いたノエルは、すぐに右手を左手で隠すとロイクを突き飛ばしてその場から走り去る。

ロイクがノエルの背中に声をかけてくる。

「ま、待て！　ノエル、お前のそれは！」

ノエルは恐怖で心臓がバクバクと音を立てていた。

すぐに逃げなければと、走る。

だが、ロイクはその優秀な身体能力でノエルに追いつくと、腕を掴んでねじり上げる。

「ノエル、見せろ！　お前のそれは――」

「は、放してよ！」

抵抗するノエルを無理矢理押さえつけるロイクは、不気味な笑みを浮かべていた。

ノエルは気付かれたと焦る。

（まずい。こいつにこの紋章を見せたら、またリオンに迷惑が――）

自分が巫女の紋章を持つと知られれば、共和国なら聖樹の苗木とセットで確保するために無理をする。

その際に、リオンに迷惑がかかるとノエルは考えた。

だが、ロイクの力が強くて、逃げ出せない。

「ノエル、その紋章をよく見せろ！　俺は知っている。知っているぞ。その紋章には見覚えがある」

ロイクの狂気を感じるような笑みを見て、ノエルは恐ろしくなった。

ノエルが目を閉じると、声が聞こえる。

「てめぇごらぁぁぁ!!」

目を開けると、マリエが走ってきて跳び蹴りをロイクにぶち込んでいた。

マリエは小さい体で、男のロイクを吹き飛ばす。

マリエが着地すると、格闘技の構えを取るのだった。

「明るいうちから何してんだ、てめぇ！　この子に手を出したら、リオンをけしかけてお前の実家を火の海にしてやるからな！」

リオンの名前を出されたロイクだが、薄ら笑っていた。

マリエの脅《おど》しなど聞いていない。

鼻血を手で拭きながら、ノエルを見ている。

「ノエル、やはり俺とお前は運命で結ばれていたな」

ノエルは右手の甲を押さえる。

ロイクに知られてしまった。

(どうしよう。あたしたちがレスピナス家の生き残りだって知られちゃう)

ロイクは立ち上がると、マリエを睨む。

「退《ど》け、女。これは俺とノエルの問題だ」

マリエは眉をピクピクと動かしていた。

かなり怒っている。

「変態ストーカー野郎が調子に乗るんじゃないわよ。この子が嫌がっているのが分からないの？　ピエールみたいに加護なしにするわよ」

ロイクが我慢できずに右手の甲を光らせると、ノエルはマリエを守るために前に出るのだった。

「マリエちゃん、駄目！　ロイクは本当に強いの！」

だが、マリエは退かない。

「そんなの知っているわよ！　けど、ここであんたに何かあれば、兄貴に私が怒られるの！」

一瞬、マリエの兄とは誰のことだろう？

そう思ったノエルだが、気にしている暇がなかった。

ロイクが魔法を使おうとすると、車が何台も自分たちの近くに停まる。

そこから男たちが降りてくると、大急ぎでロイクを取り押さえるのだった。

ノエルもマリエも唖然としてその様子を見ていた。

ロイクは抵抗する。

「放せ！　お前ら、俺にこんなことをして！」

「ロイク坊ちゃま、ベランジュ様がお呼びです。大人しく同行してください！」

当主の名前を出されたことで、ロイクはピタリと大人しくなった。

「父上が？」

「は、はい！　すぐに屋敷に戻れと」

バリエル家の家臣たちなのだろう。

彼らは、ノエルの方をチラチラと見ていた。

ロイクは少しの間、思案すると車に乗り込む。

その際にノエルに笑顔を向けた。

「ノエル、少し待っていろ。必ず迎えに行く」

ロイクたちがこの場から去っていくと、マリエは大声を出すのだった。

「二度と来るな、ばーか！」

ノエルは自分を抱きしめ、そして両膝を地面についた。

青い顔をして震えている。

その様子を見たマリエが、ノエルに声をかけてくる。

「ノエル、しっかりして！　と、とにかく、私の家に来なさい。必ず守ってあげるから」

ノエルはそのまま、マリエの屋敷へと避難する。

◇

バリエル家の屋敷。

連れ戻されたロイクは、ソファーに座ってニヤニヤしていた。

テーブルを挟んで反対側に座るベランジュは、ロイクを前にして怒気を強めていた。

「今日は大事な日だと伝えていたはずだが？」

「えぇ、理解していますよ。ラウルト家とドルイユ家の婚約発表でしたね」

ベランジュがロイクを叱る。

「そんな日に一体何を考えている！　お前が持ち出したその首輪が、どういう道具か知っているはずだ。騒ぎになれば、大問題だったぞ！」

テーブルの上に置かれた首輪は、特殊な物だった。

捕らえた者を逃がさないようにするもので、首輪には鎖が付いている。

鎖の先には腕輪があり、それは主人が身につけるものだ。

「父上、これは俺とノエルの婚約指輪なんですよ」

「首輪が指輪に見えるのか？　お前は馬鹿か？　そいつには聖樹の一部が仕込まれている。一度身につければ、外すことは出来ない代物だぞ。そんなことよりも、あの娘の素性をお前は知っていたのか？」

ベランジュがロイクの婚約云々の話を無視して、ノエルの話をするのだった。

「素性ですか？」

「知らなかったのか？　あの娘は、レスピナス家の生き残りだ。お前はその当時会ったことはなかっただろうが、レスピナス家に双子の姉妹がいたのは知っているだろう？」

ロイクはそんな話もあったと思い出した。

「ラウルト家が逃がすとは思いませんでしたが、そうですか。だから、ですか」

ベランジュは苛立っていた。

「この馬鹿息子が。お前がどちらかと恋仲になっていれば、穏便に屋敷に招いてレスピナス家の再興も出来たのだ。それを、怖がらせて——何をやっている！」

こうなれば、多少乱暴してでもノエルを確保したいというのがベランジュの考えだった。

ノエルの紋章を見て、冷静になってきたロイクは思う。

(アルベルク殿にいつまでも議長代理でいられては、父上のプライドが許さないか)

ベランジュはノエルを利用し、議長代理の椅子を手に入れる考えだろう。

もしくは、ノエルを巫女にして、後ろ盾となり権力を振るう、かだ。

ベランジュは言う。

「アルベルクを追い落とすネタにはなる。すぐに迎えを出すが、お前は手を出すなよ」

ロイクは少しだけ、ベランジュの物言いが気になった。

(巫女として担ぐのではないのか？　だが、今はどうでもいい)

ただ、今後の話には関係ない。

何しろ、ノエルには巫女の紋章が出現したのだから。

「父上、それでは困ります。俺とノエルは結婚するべきですよ」

「――これ以上、俺を失望させるな。あの娘とお前が結婚することはない」

絶対に許さないと言うベランジュに、ロイクは紋章の話をする。

「家のためですよ。何しろ、ノエルには巫女の紋章が出現しましたから」

それを聞いたベランジュが立ち上がるのだった。

「馬鹿な！」

まるで信じられないという顔をしていた。

ロイクは内心で面白がる。

(ノエル、お前は俺から逃げられないぞ)

◇

パーティー会場。

そこには六大貴族の関係者たちが集められていた。

ドレス姿のレリアは、エミールと一緒に参加していた。

「婚約発表なのに、六大貴族が揃うのも不思議よね。政敵だっているでしょうに」

レリアの感想に、エミールは苦笑いをしている。

「そうだね。でも、敵も味方も、その時代で入れ替わりが激しいからね。それに、聖樹に認められた一族だから、仲良く出来るところは仲良くしないと」

「ふ〜ん」

レリアはあまり興味がなかった。

それよりも気になるのは、攻略対象の一人だ。

(失敗したな。ロイクが嫉妬するから、姉貴に他の攻略対象の男子を近付けなかったのが仇《あだ》になったわ)

あの乙女ゲーでのロイクは、嫉妬深い。

そのため、あまり八方美人なプレイをしていると怒らせてしまい、バッドエンドになる。

だから、ブラコンであるユーグとのフラグは立てなかった。

パーティー会場では、着飾ったルイーゼの隣に、やや着崩した格好をしているユーグの姿がある。

兄のフェルナンと同じ金髪だが、こちらはロングだ。

緑色の瞳で、気怠そうな雰囲気を出している美しい男子だった。

少し不良っぽいが、そこに何となく惹かれてしまう。

(ブラコンだけど、ロイクよりこっちにするべきだったかな。——もう遅いけど)

ユーグは早い段階でフラグを回収しないと、ルイーゼと婚約してしまう。

そうなると攻略は不可能になるが、現実的にも今の段階で攻略は不可能そうだ。

エミールが何か話そうと、必死にレリアに色々と説明する。

「え、えっと、それにしてもラウルト家とドルイユ家の結びつきが強くなったね。前から議長のアルベルクさんとドルイユ家の当主であるフェルナンさんは仲が良いけど、政治的にも強い結びつきが出来たよ」

「政略結婚でしょ？」

「う、うん。そうだけど――ユーグさんも、これで少し落ち着くといいんだけどね」

ユーグは女遊びをするキャラだ。

現実でも変わっておらず、ルイーゼと婚約の話が出てからも遊んでいたらしい。

（――どうせラウルト家は失脚して、ルイーゼは貴族じゃなくなるけどね。それにしても、悪役令嬢って凄いわね。私が偽物だって分かるのかしら？）

悪役令嬢のルイーゼは、どういうわけかレリアにはちょっかいを出してこない。

ノエルだけをターゲットにしていた。

それがレリアには、本物がノエルであるとルイーゼが直感で判断しているように見えた。

二人が挨拶のためにエミールに近付いてくる。

レリアはエミールの斜め後ろに下がった。

ユーグが話しかけてくる。

「よう、エミール。お前が恋人を連れてくるなんて思わなかったぜ」

貴族とは思えない気さくな態度だった。

エミールは困っていた。

「ユーグさん、服装が乱れていますよ」

「どうせ身内が集まったようなものだろ？　周りも、昔からの知り合いばかりだ」

婚約発表の場には、昔から知っている面子が多い。

そのため、気が緩んでしまっているようだ。

ユーグの隣にいるルイーゼが、レリアを見る。

「――お姉さんは元気にしているかしら？」

それが嫌みに聞こえてくる。

「まぁ、元気ですね」

本当は失恋して落ち込んでいるのだが、詳しい話を敵にする必要はない。

ルイーゼは笑顔だった。

「そう。――エミール、大事な恋人なんだから、ちゃんと守ってあげなさいよ」

ルイーゼにそう言われ、エミールは背筋を伸ばすのだった。

「はい」

二人が他に挨拶へ向かうと、レリアは溜息を吐いた。

「嫌みっぽい。私がこの場に不釣り合い、って言いたいだけでしょうに」

だが、エミールの反応はレリアと違っていた。

「そうかな？　僕にはそのままの意味に聞こえたけどね。それに、ルイーゼさんは昔から優しかったよ」

「どこが？　姉貴が毎日のように絡まれているのは、エミールだって知っているわよね？」

「う、うん。でも、ルイーゼさんとも付き合いが長いから」

その態度にレリアは苛々する。

(エミールって、結婚しても自分の家族を大事にして、嫁を蔑ろにするタイプかしら？)

今後が不安になってくる。

ただ、エミールは楽しそうに周囲と喋っているルイーゼを見ながら、少し悲しそうな目をするのだった。

「ルイーゼさん、弟さんが亡くなってから本当に辛そうだったからね。今は立ち直っているけど、当時は見ていられなかったよ」

「弟？　え？」

レリアは困惑する。

(今の話からすると、セルジュ以外にも弟がいたの？)

そんなパーティー会場にロイクが遅れてやって来た。

ロイクがルイーゼたちのもとへと向かう。

レリアはそれとなくエミールを連れて、会話が聞こえる位置へと移動する。

「ユーグ、婚約おめでとう」

笑顔のロイクに、ユーグは辟易《へきえき》とした顔を向ける。

「たかが婚約でおめでとうもないだろうに。ルイーゼとも昔からの知り合いだし、こんなの政略結婚だ」

互いに愛などない。

だが、ルイーゼは少しだけ悲しそうな顔をしていた。

レリアは思う。

(悪役令嬢がいい気味ね)

普段からノエルをいじめてきたのだ。

その報いを受けているように見えた。

ルイーゼは二人が楽しそうに話をしているので、その場を離れることにしたようだ。

休憩だと言って離れていく。

すると、ロイクの口調が真剣なものになる。

「ユーグ、大事な話がある。フェルナン殿を交えて相談したい」

「——兄さんと？　お前、分かっているのか？　今のバリエル家とうちは政敵だぞ」

「そんなの状況次第で変わるだろ？　それに、悪い話じゃないんだ」

話を聞いていたレリアに、ロイクが鋭い視線を向けてきた。

急いで視線を外すと、レリアは会場を出ていく。

「エミール、休憩してくるわ」

「え？　う、うん」

◇

レリアが化粧直しを終えて出てくると、待ち構えていたのはロイクだった。

「よう、レリア」

「――ロイク」

睨み付けるのだが、ロイクは気にせずに笑顔で接してくる。

「そう睨むなよ。実はお前にもいい話がある」

「いい話ですって？」

「このままだと、エミールと結婚できないのはお前も分かっているよな？」

エミールは六大貴族の出身者だ。

今のレリアとは身分が違いすぎる。

今後の展開次第で可能になるのだが、それは教えられなかった。

「そう、だけど、それが何？」

「怒るなと言った。お前がエミールと結婚できるように、俺が手を貸してやると言っているんだ。何なら、エミールと一緒に話をするか？」

エミールも交えて話をすると聞いて、何を考えているのか分からなくなった。

「ロイク、姉貴はあんたのことを――」

「分かっている。俺が悪かった」

「え？」

これまでの強引なロイクとは違い、反省した様子を見せていた。

「ノエルを怖がらせた俺が悪い。だから、お前にも協力して欲しいんだ」

「――本気なの？」

「当たり前だ。俺だってノエルを怖がらせたくない。お前たちのように、恋人同士になりたいだけだ。

いや、悪い。その先も考えていた」

少しお茶目な態度を見せるロイクに、レリアは段々と警戒心を解いていく。

「何をするつもりなの？」

ロイクの目が真剣なものに切り替わる。

「レリア――ノエルもお前も、レスピナス家の生き残りだな？」

「っ！」

こんなタイミングで知られるとは思っていなかった。

焦るレリアの肩に、ロイクが手を置いて安心させる。

「心配するな。俺が守ってやる。エミールにも協力してもらいたいのは、お前たちを狙っている者がいるからだ」

自分たちを狙う相手が誰なのか？

レリアも知っていた。

「ラウルト家」

「そうだ。議長代理を倒すのは難しいが、俺の実家がお前たちの後ろ盾になって守ってやる。――実は、ノエルの右手を見たんだ」

レリアは変な汗が噴き出てきた。

(まずい。まずい、まずい！　もしも、リオンに守護者の紋章が現れたと知られたら、ロイクが何をするか分からない)

先に紋章が出現したのはリオンだった。

だが、共和国では守護者を選ぶのは巫女である。

つまり、巫女――ノエルがリオンを選んだと勘違いする可能性が高い。

そうなると、嫉妬深いロイクがどうなるか分からない。

誤解を解こうにも、ややこしいことにノエルがリオンの事を好きになっているから困るのだ。

「ロイク、あのね――」

「ノエルの右手に巫女の紋章が浮かんだ。ノエルは巫女に選ばれたんだ。レリア、お前も協力して欲しい。今度は俺も間違えないから」

「え？」

どうやら、ロイクはリオンの紋章について知らないようだ。

「ノエルに俺を守護者に選んでもらう。そうなれば、バリエル家がお前たちを守ろう。協力してくれるな、レリア？」

レリアは混乱していた。

「ご、ごめん、ちょっと混乱したわ」

ロイクが謝罪してくる。

「すまない。急ぎすぎたな。だが、何かあれば俺を頼ってくれよ」

レリアは小さく頷いた。

そして、去って行くロイクの背中を見る。

（ロイクがようやく落ち着いてくれた。もしかして、今なら姉貴も――）

今のロイクなら、ノエルを任せられるのではないか？

そう思うレリアだった。

◇

レリアに背中を見せたロイクは、ニヤニヤと不気味に笑っていた。

（ノエル、もうすぐお前を手に入れられそうだ）

随分と冷静になったロイクだが、それはノエルを手に入れる手段を思い付いたからだ。

今まで身分が邪魔をしていた。

そして、ノエルが自分の意志で拒否していた。

それらを跳ね返せる大義名分をロイクは手に入れたのだ。

人が近付いてくるのを感じ、ロイクは表情を消して笑顔を張り付ける。

現れたのはユーグに連れられたフェルナンだった。

「ロイク君、久しぶりだね。随分と大きくなった」

「会う度にそう言いますね」

握手をすると、フェルナンが笑う。

「常套句《じょうとうく》だ。許してくれ。それよりも、何やら大事な話があると聞いたが？」

「――誰もいない場所で話をしましょう。共和国の未来について大事な話があります」

フェルナンが目を細める。

それを見たユーグが、ロイクに忠告する。

「兄さんにしょうもない話をしたら許さないぞ」

「ユーグ、止めなさい。話だけは聞こう」

フェルナンがロイクの話を聞くと言うと、ユーグは不満そうにしながらも黙るのだった。

「助かりました。どうぞこちらへ」

三人は誰もいない部屋に消えていく。

◇

パーティー会場にある休憩室。

ルイーゼは部屋の中でアルベルクと話をしていた。

アルベルクは困った顔をしている。

「ユーグ君にも困ったものだな。婚約者がいるのに遊び歩いて」

それを聞いたルイーゼは、最初から期待などしていないと言う。

「政略結婚に愛なんて求めていないわ。私はラウルト家のために嫁ぐのよ」

「ルイーゼ、そうであってもお前が幸せになってはいけないという決まりはない。――だが、私は少し気になっているんだ」

「何が？」

ドレス姿のルイーゼは、大人の女性に見える。

成長した娘を見て、アルベルクは嬉しそうだった。

「お前、もしかしてバルトファルト伯爵に嫁ぎたかったんじゃないのか？」

からかわれたルイーゼは、耳まで赤くしていた。

「ば、馬鹿じゃないの！　弟みたいな子に、何てことを言うのよ！」

「あはは、相手がいなかったら押し込んでも良かったんだがな。――まぁ、本当はお前よりも私の方が問題だな」

個人的な気持ちで繋がりを作ろうと考えるアルベルクは、自分を恥じている様子だった。

アルベルクは溜息を吐く。

「結婚は卒業後だが、しばらくはユーグ君と暮らしなさい」

「分かっているわよ」

アルベルクは下を見る。

「ルイーゼ、すまないな。お前を政略結婚の道具にしてしまった。お前にも、好きな相手がいたかもしれないのに」

いたかも。

今後現れるかも。

だが、無意味なのだ。

「六大貴族の娘に生まれたのよ。そんなの、とうの昔に諦めているわよ。何しろ、リオンは五歳の頃に婚約の話が出ていたくらいだし」

ハッとしてルイーゼが自分の手で口を塞いだ。

アルベルクは責めなかった。

「そうだな。リオンが生きていれば、私も安心だったよ。だが、今の私の息子はセルジュだ。あの子が一人前になるまで頑張るとするさ」

ルイーゼはセルジュの名前を聞くと、機嫌が悪くなる。

「私はあの子が嫌いよ」

「姉弟になったんだ。お前にも受け入れて欲しい」

休憩時間が長くなった。

アルベルクが部屋を出ていく。

「ルイーゼ、難しいとは思うが――セルジュを受け入れてやってくれ」

ドアが閉まると、ルイーゼは歯を食いしばる。

「私の弟は今も昔もリオンだけよ。――リオン、どうして死んだのよ」

涙があふれてくるのを必死でこらえる。

そのまま、部屋から出てこないルイーゼを心配して使用人が呼びに来るまで、昔を思い出すのだった。

第05話

「鈍感」

「それでは何か？　ディアドリーとクラリスの二人とも文通していたわけか」

場所はホルファート王国の王都。

そこにあるレッドグレイブ公爵家の屋敷で、一部屋を借りて優雅《ゆうが》にお茶の時間を楽しんでいた時だった。

こうしていると本当に貴族みたい、と油断していたのがいけなかった。

「――はい」

俺の前で表情が消えたアンジェの隣では、ニコニコしているリビアが立っている。

「リオンさん、王妃様とも文通をしていますよね？　一度、私たちに手紙を届けさせたこともありました」

「お願いしました」

好みの女性に手紙を出す際に、婚約者にお願いしてしまった。

よく考えなくても、それってどうなの？　って話だよね。

途中までは、お茶の時間を楽しく過ごしていたのだ。

だが、二人が俺を共和国まで迎えに来た理由が、ただの勘違いと知って油断してしまった。

そのため俺は「いや～、何が原因で怒ったのか分からなくて焦ったよ」などと口走ってしまったのだ。

俺の馬鹿。馬鹿、大馬鹿！

俺はルクシオンに助けを求める視線を送る。

通じたのか、ルクシオンが俺のフォローをしてくれる。

『マスターを侮《あなど》らないでいただきたい。──余罪《よざい》はまだありますよ』

それを聞いた二人の俺を見る目が、更に冷たくなっていく。

ルクシオンを両手で掴み、俺は顔を近付けた。

「お前何なの？　ねぇ、何なの!?　俺のことがそんなに嫌いか？　ここは以心伝心で、俺をフォローしてくれる場面だろ！」

『マスターはもっと反省するべきです。余罪も含め、自分の罪と向き合ってみてはいかがです？──まぁ、気付いていない罪も多いでしょうが』

「俺に何の罪がある!?」

『分かっていない時点で罪なのです。それから、私はマスターのためを思って厳しく接しているのです。私ってマスター思いだと思いませんか？』

ふざけるな。

俺はそんなことを人工知能に期待していない。

もっと甘やかせ。

それから、俺が期待しているのは、この場を乗り切る小手先の言い訳だ。

「リオン、詳しい話を聞かせてもらおうじゃないか。余罪の件を含めて、共和国に戻る前にたっぷりと聞かせてくれ」

リビアが俺の腕に抱きついてくる。

「リオンさん、私たちこれでも忙しいんですよ」

そう、忙しいはずだ。

アンジェは二学年のまとめ役で、リビアは特待生たちのまとめ役だ。

夏期休暇も色々と忙しいだろう。

「でも、リオンさんに会うために、夏期休暇の前半に仕事をほとんど終わらせてきたんです。だから――時間はたっぷりありますから、心配しないでくださいね」

「わ〜、凄いね。夏休みの宿題は終わったのかな？」

俺は夏休みの宿題は後半で本気を出すタイプだ。

人間、自分の限界を試すことを一度は経験するべきである。

だが、アンジェたちは違う。

「安心しろ。既に一部を残して終わっている」

リビアも頷く。

「私も終わらせられるものは全て終わらせましたよ」

凄いな！　俺なんか、共和国の学院で出された宿題には、まだ手も付けていない。

「二人とも凄いね。そんな二人にはもっといい茶葉を用意しよう」

アンジェが微笑む。

「気を使わなくて良いぞ。私たちは婚約者だからな。お前が用意してくれた茶葉なら、安物だって構わない」

嬉しいことを言ってくれるが、それってつまり「逃がすつもりはない」って意味だよね？

ごまかしも許さないという態度だ。

リビアも同じだ。

「そうですよ。だから、余罪についてしっかり話してくださいね」

——どうしよう。

余罪になりそうなものが多くて、どれを話したら良いのか分からないぞ。

◇

お茶会の様子を見守るメイドたちがいた。

レッドグレイブ公爵家の王都にある屋敷には、アンジェの世話をする者たちも大勢いる。

彼女たちは多くが騎士家から来ており、学園で教育を受けた者たちだ。

中には伯爵家や子爵家、男爵家という本物の貴族出身者もいる。

その中には、アンジェが小さい頃から身の回りの世話をしてきた女性もいた。

名前を【コーデリア・フォウ・イーストン】。

現在二十四歳で、幼い頃から公爵家で行儀見習いとして働いてきた。

アンジェとは歳が離れており、取り巻きとして一緒に学園には通えなかったが、長く仕えている者の一人だ。

そんなコーデリアが、部屋を覗いて能面のような顔をしている。

「あの男――アンジェリカ様がいながら、外国ばかりかこの国でも女性に手を出すなんて」

周囲のメイドたちが困っている。

「コーデリア様、落ち着いてください」

能面のような顔が、激高して鬼のようになる。

「これが落ち着いていられますか!? アンジェリカ様は、あのマリエという魔女にどれだけ酷い仕打ちを受けたと思っているのです? あの女に元王太子の馬鹿王子を奪われ、公衆の面前で馬鹿にされたのですよ！」

「ば、馬鹿王子は言いすぎなんじゃ――な、何でもないです」

メイドがコーデリアの怒りを前にして、大人しくなってしまった。

「アンジェリカ様は、婚約者が浮気をしないか心配でしょうに。それを分かっていながら、浮気など
と」

「あ、あの、浮気ではなかったと」

「疑われるような行動をするのが問題です！」

去年アンジェは、ユリウスから婚約を破棄された。

その理由はとても許せるものではなく、レッドグレイブ家でも王家への不満が高まっている。

コーデリアが悔しいのは、アンジェの取り巻きたちも裏切ったことだ。

「アンジェリカ様は身近な者たちにも裏切られ、どれだけ落ち込んだことか。それを分かっていながら、婚約して早々に浮気だなんて――許せません！」

周囲は言いすぎだとも思うが、アンジェが去年はとても苦しんだことを思えばリオンに腹も立つ。

ただし、去年の旧ファンオース公国との戦争後、公爵家を裏切った家はほとんどが処罰を受けている。

アンジェを裏切った学園の生徒たちも同様だ。

おかげで上級メイドたちの数も随分と少ない。

そんな公爵家の内情はさておき、コーデリアはリオンに対して何か対策を立てるべきと考える。

「共和国で誰か見張りを置ければいいのに」

◇

その頃、バルトファルト家でもリオンの事が問題になっていた。

学園を卒業したニックスは、今はバルカスのもとで領主になるために勉強中である。

そんなニックスが焦っていた。

「親父、このまま放置していいのか？　リオンの奴、何をするか分からないぞ」

バルカスは変な汗が出ている。

リオンから聞いた共和国での話が本当なら、大貴族相手に喧嘩を売ったようなものだ。

そればかりか――。

「レッドグレイブ公爵家に申し訳ない」

――浮気の疑いまである。

本人は否定していたし、アンジェやリビアもそれで納得していた。

だが、不安で仕方がない。

何しろリオンだ。

ニックスは気が気でなかった。

「俺はリオンが浮気をするとは思わないよ。あいつ、女性関係だと凄くヘタレだし」

そう言うニックスに対して、バルカスは冷めた顔を向ける。

「それはお前も同じだろ。学園を卒業したのに、結婚相手は見つかっていないじゃないか」

「俺の場合は特殊じゃないか！　大体、ルトアートのあに――じゃなかった。ルトアートが、長男じゃなくなるなんて想像できないって！」

ニックスには事情がある。

「話を戻すぞ。俺はリオンなら浮気はしないと思う。思うけど――あいつ、妙に女性に愛されるというか――一部から異様にモテるじゃん」

アンジェやリビアの二人だけではない。

クラリス、ディアドリーと、ご令嬢たちとも親しいのだ。

バルカスが両手で顔を覆う。

「言うなよ。思い出したくないんだ。胃がキリキリするんだ。バーナード大臣に『うちの娘なんてどうですか？』って言われるんだぞ。大臣だぞ!?」

雲の上にいるような存在から、結婚の相談をされてもバルカスだって困る。

バルトファルト家は辺境の田舎男爵だ。

「親父、リオンに共和国で同じようなことが起きたらどうする？　向こうで高貴な女性に言いよられたら、凄く面倒なことになると思わないか？　それに、あいつも男だし――浮気する可能性はゼロじゃない」

そうなれば、レッドグレイブ公爵家がどう動くか分からなかった。

ニックスやバルカスに出来るのは、弟や息子の不始末をわびることだけだ。

二人が落ち込んでいるところに、リオンの母であるリュースがやって来る。

「男が二人も揃って何を落ち込んでいるんだか」

バルカスはリュースに顔を向ける。

「そうは言うが、大問題だぞ」

「それなら、うちからもお目付役を一人用意しましょうよ」

「お目付役？」

バルカスが首をかしげると、部屋にメイドのユメリアが入ってきた。

見た目は幼い子供に見えるが、胸には大きなものをぶら下げている。

エルフの女性で、この場にいる誰よりも年上だ。

だが、見た目と本人の言動で年下に扱われてしまう。

「あ、あの！　私が立候補します！」

ニックスが困ってしまう。

「いや、ユメリアさんは働き者だけど、お目付役ってリオンを見張るんだよ。ユメリアさんに出来るとは――痛って！」

ニックスの頭を平手打ちするリュースは、小声で説明する。

「馬鹿だね。この子の息子さんは共和国だろ？　いつも心配しているから、リオンの世話をさせるついでに会わせてやるんだよ」

それを聞いてニックスは納得した。

ユメリアには一人息子のカイルがいる。

今はマリエの身の回りの世話をしており、離ればなれで暮らしていた。

「そ、そういうことね。分かったよ。なら、ユメリアさんをリオンの船に乗せようか」

バルカスも頷く。

それは単純に、息子さんの近くで働かせようという三人の善意だった。

――善意だった。

◇

共和国へ戻る前に、一度実家に立ち寄ることになった。

アンジェとリビアとは、そこでお別れだ。

また、共和国での留学生活に逆戻りだ。

「――せっかくの夏期休暇が、ほとんど話し合いで終わったな」

王国に戻ってきたからノンビリ出来ると思っていたら、今後のための打ち合わせが何日も続くとは思わなかった。

ルクシオンは俺の楽観的な態度を諌《いさ》めてくる。

『マスターの立場で休暇を満喫《まんきつ》できると本気で考えていたのですか？　現在、表向きには王国と共和国の外交関係の転換期が訪れました。王国も共和国も大変忙しいと判断します。また、裏側――マスターの言う乙女ゲー的にも、非常に大事な時期なのですが？』

「分かっているけどさぁ――俺だって休みたいんだけど」

『十二分に休まれていますが？』

今が大事な時期というのは理解している。

ノエルの相手を見つけなければならない。

そうしないと世界の危機だ。

あの乙女ゲーの二作目のラスボスは、聖樹を操ったアルベルクさんだったか？

聖樹が化け物になって暴れ回るそうだ。

勘弁してくれ。

最悪、ルクシオンで対処できるかもしれないが――聖樹を喪失《そうしつ》した共和国は地獄だろう。

聖樹は共和国に巨万の富を与えてきた。

それが失われれば、共和国は今後苦しい立場に置かれる。

あの二作目では、マリエ曰く「苗木が新しい共和国の聖樹になる」ということだ。

苗木――聖樹の苗木に、聖樹と同じ事が出来るのかは不明だ。

そして、聖樹の苗木――もう苗木ちゃんでいいか。

苗木ちゃんがその能力を発揮するためには、巫女が必要になる。

ノエルが巫女になり、そして苗木ちゃんを守ってくれる守護者を選ぶことでハッピーエンドになるのだが――。

俺は自分の右手を見た。

「それよりも、この紋章って消えないの？　これ、守護者のものだろ？　何で俺に出現したんだろうな？」

苗木ちゃんが俺を守護者と認めたのも気になる。

普通は巫女から選び、巫女が守護者を選ぶ順番らしいのだ。

だが、ルクシオンには違う考えがあるようだ。

『マスター、聖樹が守護者を選ぶ理由を知っていますか？』

「名前の通りなら自分を守らせるためだろ」

『はい。そして、あの苗木を確保して守ってきたのは誰ですか？』

「――俺だな」

『苗木がマスターを自分の守護者に相応しいと判断するのは、おかしいとは思えません』

「でも巫女が」

『そもそも、そこが私には理解できませんね。必ず巫女から選ぶ必要があるのでしょうか？　聖樹が人間を理解するために巫女を先に選ぶのは合理的です。ですが、苗木は自分の生存が最優先でした』

苗木ちゃんたちは、どういうわけか放置されていると枯れてしまう。

引っこ抜いて厳重に管理しても枯れる。

とにかく、育たないのだ。

その理由が面白い。

「聖樹から生まれたのに、その聖樹が苗木を殺すんだもんな」

『植物として間違っている気がしますね』

聖樹の栄養源は魔素――大気中にある魔力の源だ。

土と水、栄養だけでは育たない。

だが、大気中の魔素を聖樹が全て吸い込むわけではない。

それなのに、聖樹は他の苗木に魔素を分け与えない。

まるで自ら潰しているようだった。

『苗木にとって重要なのは、生存を約束してくれるマスターの存在です。巫女のような存在は二の次でも問題ありません』

「ゲームとは違う、ってわけだ。それよりも、これからどうする？　巫女と守護者は恋人同士になるんだろ？　俺、婚約者がいるし。あ、もしかして、巫女をアンジェやリビアに任せるとか？」

思い付いたので口にしてみたが、ルクシオンがすぐに一つ目を横に振った。

『二人には巫女に必要な資質がありませんでした』

「調べたのか？」

『はい。今後次第では必要になる情報でしたので』

確かに必要だが、納得できないな。

「――調べる前に俺に言え。勝手に調べられると気分が悪い」

『定期健診のついでだったのですけどね。それよりも、私には一つの疑問があります』

「疑問ばかりじゃないか。それより、何？」

『マスター、基本ルールとして聖樹が与える紋章には格付けがされています。一番上に守護者の紋章があり、その次に巫女の紋章が続きます』

「うん」

『三番手に六大貴族の持つ紋章が来るのですが――聖樹は上位者を優先して守ります。そうなると、一つおかしな話があります』

「何だよ？」

『気付かないのですか？』

困っている俺に、ルクシオンは呆れたような態度を球体ボディで見せてくる。

どうしよう——凄く腹が立ってくる。

「だから、さっさと言えよ！」

『——守護者、巫女と二つの紋章を持つレスピナス家が、どうして格下の紋章を持つラウルト家に負けたのでしょうね？』

それを聞いて俺もようやく理解した。

そうだ。

どうしてレスピナス家は滅ぼされた？

マリエやレリアの話でも、そこは語られていない。

そういうもの、という扱いだった。

「ラウルト家が聖樹の力に頼らない兵器を開発した、とか？」

『共和国にそれだけの技術力はありません。紋章へのカウンター兵器や対策も存在しないと判断します』

共和国では、聖樹からエネルギーを受け取り動いている兵器が多い。

上位者に逆らえば、聖樹は問答無用で上位者を守るためにそれらにエネルギーを供給するのを止めるだろう。

もっと言えば、レスピナス家だって聖樹の力を利用した兵器を持っていたはずだ。

いくら不意打ちや奇襲を受けたからと言って、一方的に負けるなんてあり得るのか？

レリアの話では、ほとんど一方的に滅ぼされたはずだ。

『マスター、これは仮定の話になるのですが――レスピナス家は、紋章を失っていたのではないでしょうか？』

話がややこしくなってきた。

レスピナス家が紋章を持っていないとなると――奪われたということか？

ただ失ったのか？

いや、もしかしたら。

「ピエールが聖樹の力を利用して好き勝手にしていたよな？　アレと同じで、ラウルト家が裏技的な方法でレスピナス家を滅ぼした可能性は？」

『ない、とは言えません。ですが、その可能性は低いのではないでしょうか？　もしも、そのような裏技が存在していれば、六大貴族たちが何か知っているはずです。それから、これも気になる点ですね。ラウルト家がレスピナス家を滅ぼした事実を、完璧に消すなど不可能です。それなのに、アルベルクは議長代理の椅子に座っています』

レスピナス家を滅ぼしたラウルト家を、他の五家が認めた？

余計に分からなくなってくる。

「――ルクシオン、何でもっと早くに教えなかった？」

『マスターにご相談しようとしましたが、タイミングが合いませんでした。また、この問題を早急に話し合う必要性はありません。何しろ過去のことです』

「いや、重要だろうが！」

『知ったところで、大きな変化はありません。マスターが目指しているのは、あの乙女ゲーのエンディングなのですよね？』

確かに、知ったところで今後の方針が大きく変わるとは思えない。

「それでも言えよ！　何か理由があるなら知りたいだろうが！」

そうだよ。

俺たちが勘違いをしている可能性だってある。

そのおかげで、去年も散々苦労してきたんだ。

『本当に詳しい事情を知りたいのですか？　――これ以上、ラウルト家に同情すれば、苦しむのはマスターですよ。最終的にアルベルクは死ぬのです。そして、ラウルト家も滅びます。それがマスターたちの望む結末です』

俺はラウルト家の屋敷で会食した時の事を思い出す。

俯くと、ルクシオンが俺を気遣う。

『マスター、外国の事情まで背負い込む必要はありません。優先するべきことを、間違ってはいけません』

俺はその場に座り込む。

俺はいったい、どうすればいい？

◇

実家へと戻るアインホルンの船内。

落ち込んでいる俺に話しかけてきたのは、リビアだった。

「リオンさん、もうすぐ到着しますよ」

俺を呼びに来たリビアは、少し寂しそうにしていた。

「またしばらく離れ離れですね。それより、どうしたんですか？　何だか元気がありませんよ」

リビアが落ち込んでいる俺を見て心配している。

「あ、分かる？　実は戻りたくないんだ。やっぱり故郷が一番だよね」

笑って見せるが、リビアの真剣な目を前にたじろぐ。

すると、リビアは俯いてしまう。

「あちらで何か起きているんですか？」

「え？　何で!?」

リビアにはあの乙女ゲーの話をしていない。

だから、俺が何をしているかなんて気付きようがないはずだ。

リビアが顔を上げて俺を見る。

「リオンさんは、何かあるから共和国に行ったんじゃないんですか？」

「ち、違うよ。ほら、ユリウスたちのお守《も》りだよ」

咄嗟《とっさ》に嘘を吐《つ》いてしまった。

俺が留学を決めた後に、王宮がユリウスたちを押しつけてきたのだ。

「――アンジェから聞いています。ユリウス殿下たちを押しつけられたのは、リオンさんが留学を決めた後だ、って。リオンさん、私たちに何か隠していませんか？」

顔を背ける。

実は転生者なんだ！　って、言えたらどれだけ楽だろう。

この世界は乙女ゲーの世界で、君は主人公だよ。

――と言う奴がいたら、俺なら距離を置くな。

ただ、リビアは怒っていなかった。

「リオンさんが何をしているのか知りません。でも、きっとそれは大事なことだと思います」

「リビア？」

「だって、リオンさんは優しい人ですから」

笑顔でそう言われた俺は、とても心が――軽くなった気がした。

リビアは続ける。

「きっとリオンさんには、私たちに言えないことがあるんじゃないか、って思っています。でも、お願いですから、無茶だけはしないでください」

何と答えるべきか迷っていると、リビアが俺を優しく抱きしめてくれた。

「いつかリオンさんが私たちを頼ってくれるように、私たちも頑張ります。だから、それまでちゃんと待っていてください」

「リビア」

優しく抱きしめられて嬉しかったが、少しだけリビアが抱きつく力を強めた。

「それから、アンジェは言いませんけど、浮気に関して敏感ですからね」

「え？　あ、あぁ、うん」

そんなことを言われても困る。

俺は浮気などしていないのに。

「アンジェは心配していました。だから、悲しませないであげてください」

「分かっているよ」

アンジェが浮気に関して敏感なのは、マリエのせいだ。

そのマリエと近い場所に俺がいれば、落ち着かないのだろう。

もっと気を使うべきだった。

リビアが俺から離れた。

「次の長期休暇も会いに行きます。その時は、のんびり観光でもしましょうね」

笑顔のリビアに、俺は任せろと胸を叩く。

「その時までに観光地を調べておくよ」

「楽しみにしていますからね」

◇

アインホルンの船内、別室にはアンジェとコーデリアの二人がいた。

アンジェは溜息を吐くと、もどかしそうな表情をしていた。

理由は、実の兄からの言葉にある。

「愛人の一人や二人、許してやれ——か」

リオンがマリエの屋敷で暮らしていたと聞き、不安だから誰か人を送り込みたいと言ったのだ。

父も兄も、確かにそれはまずいと思ってくれていた。

だから、レッドグレイブ家から人を出す、と。

だが、同時にアンジェの兄であるギルバートからは「マリエは例外としてもいいが、その他のことにはあまり口を出さない方がいい」と言い出した。

父も兄も男だ。

リオンが浮気してしまう気持ちも理解できるのだろう。

それとなく二人も注意はすると言ってくれたが、リオン本人が気付いていなかった。

アンジェも貴族の娘であり、夫に愛人がいても問題ない——と、思っていた。

しかし、実際に経験すると心がモヤモヤしてしまう。

「父上や兄上に相談したのが間違いだったかな？」

そう尋ねる相手は、実家で自分の世話をしてくれていたコーデリアだった。

コーデリアは上級メイドであり、教養もある。

「貴族としては間違っていないと思われますが、個人として——女としては、納得できないのも仕方のないことです」

アンジェがコーデリアと話をしている理由は、リオンのもとに送るメイドだからだ。

父も兄も若くて綺麗なメイドを選ぶつもりだった。

理由は、リオンが手を出しても問題ない人間を側に置くためだ。

アンジェがコーデリアを見る。

「それにしても、コーデリアが立候補するとは思わなかったぞ」

誰を送るかという話になった際、条件が揃っている者を屋敷で集めた。

その際に、コーデリアは自ら志願したのだ。

「アンジェリカ様、お任せください。このコーデリアが、バルトファルト伯爵をしっかり監視いたします」

「そ、そうか」

気合の入っているコーデリアを見て、アンジェは少しだけ安心する。

（そ、それとなく、リオンの事を探ってもらおうとは思ったが、ここまで気合が入っているとは思わなかった）

コーデリアのことはアンジェも信頼しているので、リオンのもとに送る人材としては悪くなかった。

「正直、リオンを縛り付けようとは思わない。だから、多少の遊びは許してやるつもりだ」

「よろしいのですか？」

「いいさ。最後に私たちのところに戻ってくれれば、それ以上は望まない」

正直許せないが、本当に束縛して嫌われる方がアンジェには怖い。

しかし、だ。

「ただし、マリエには注意しろ。殿下たちを短期間で五人も籠絡した女だ。万が一、リオンがマリエの手に落ちることは——ないとは思うが、それだけが気がかりだ」

アンジェもマリエだけは要注意だった。

コーデリアが胸に手を当てる。

「心得ております」

◇

実家に戻った俺だが、共和国へ行く前に一人連れて行くように言われた。

エルフのユメリアさんだ。

大きな旅行鞄を持ち、緊張した様子で俺の前に立っている。

「——え？　ユメリアさんを連れて行くの？」

「よ、よろしくお願いしましゅ！　――噛んじゃった」

お願いしますが言えず、涙目になっている。

いや、舌を噛んで痛かったのか？

どうでもいいが、子供が一人いるのに可愛い人だ。

お袋が俺に話しかけてくる。

「あんたのお目付役だからね。それから、向こうで手を出したら承知しないよ」

家族が俺を信用してくれない。

「手なんか出すかよ。婚約者だっているんだぞ」

「だから困っているんじゃないか。あの二人を泣かせるようなことをするんじゃないよ」

「分かってるって」

そう言うとお袋は「本当に分かっているのかな？」という顔をしていた。

今度は親父が俺に話しかけてくる。

「まぁ、お目付役っていうのは半分が本当だ。ほら、ユメリアちゃんはうちで頑張ってくれているし、ご褒美みたいなものだ」

「ご褒美？　あぁ、そういうことね」

共和国には、ユメリアさんの息子であるカイルがいる。

親子を一緒に置きたいのだろう。

「分かった。理解した」

「本当に理解したのか？　お目付役っていうのも本当だからな」

「親父まで俺が浮気するって思っているのかよ!?」

「うん」

即答された俺は、プルプルと震えて先程から黙っているニックスに目を向けた。

ニックスは俺を見て馬鹿にしたように笑っている。

「クラリスさんとディアドリーさんがいるのに、疑われないと思っているのか？　お前は本当におめでたい頭をしているよ。というか、本当に羨ましい。俺なんて親しい女子がいないっていうのに」

クラリス先輩と、ディアドリー先輩の名前が出て、俺は言い返せなくなった。

た、確かに、文通はしている。

だが、文通は浮気になるのだろうか？

「あれ？　でも、今なら男は黙っていても女が寄ってくる、って聞いたけど？」

「お前がいるから面倒になっているんだろうが」

顔に手を当てて、ニックスは難しい表情をしていた。

◇

さぁ、出発だ――というタイミングで、アンジェに紹介されたのはメイドのコーデリアさんだった。

「コーデリア・フォウ・イーストンでございます。気軽にコーデリアと呼び捨てにしてください、伯爵様」

挨拶は丁寧だが、どこか壁のようなものを感じる女性だった。

ユメリアさんもうちのメイドなのだが、コーデリアさんを見て目を輝かせている。

「伯爵様、本物のメイドさんですよ。凄いですね！」

「ユメリアさんもメイドだけどね。でも、確かにしっかりした人っぽいな」

所作が綺麗なのはもちろんだが、ミドルネームにフォウとあれば王国では領主貴族出身者を意味する。

いいところのお嬢さん、ということだ。

公爵家の規模になってくると、働いている人たちも割と身分が高いことがある。

全員が、ではない。

それでも、このような人もいるのだ。

アンジェがコーデリアさんを紹介してくる。

「コーデリアは私も信頼している。向こうでリオンの世話をさせるつもりだ」

「え？　ユメリアさんがいるよ」

すると、ユメリアさんが小さく手を上げる。

「あ、あの、私もお世話をするように仰せつかったのですが？」

リビアが困った顔をして、アンジェを見るのだ。

「お義父さんに、先に話をするべきでしたね」

アンジェも頷くが、丁度良いと言う。

「一人よりも二人だ。人手は多いに越したことはない。多すぎても問題だろうが、二人なら丁度良いだろ」

しっかりしたコーデリアさんが俺を見てくる。

「よろしくお願いいたします、伯爵様」

ユメリアさんもそれを真似して、頭を下げてくる。

「お、お願いします！　伯爵様」

俺は二人を前にして、伯爵呼びは止めて欲しいとお願いする。

「リオンでいいよ。伯爵って呼ばれるのにはなれていない」

すると、アインホルンの準備が整ったのか、ルクシオンが俺の近くにやって来て右肩辺りで止まった。

『マスター、出発の準備が整いました。積み荷も問題ありません』

「そうか」

俺はアンジェとリビアの方を見ると、改めてお別れを言う。

「なら、行ってくるよ」

リビアが手を背中に回し、胸を張って笑顔を見せてきた。

「体に気を付けてくださいね」

アンジェは何を言うか迷っていたが、すぐに表情は普段の自信に満ちたものに戻った。

「行ってこい。次の長期休暇には、またこちらから会いに行く」

手を振って二人と別れた俺は、ユメリアさんとコーデリアさんを連れてアインホルンに乗り込むのだった。

戻るのは問題山積みのアルゼル共和国である。

正直――戻りたくないな。

第06話

「運命の相手」

マリエの屋敷は静かだった。

騒がしい五人がいないというのもあるが、気持ちが暗く沈んでいるのも理由だ。

その日、マリエは家計簿をつけるために机に向かっていた。

もう夜であり、これが終わったら眠るつもりだった。

そんなマリエに、カーラが話しかけてくる。

「マリエ様、ノエルさんのことなんですけど」

「何かあった？」

「前にも一緒に暮らしていましたから、困ることはないんです。けど、空元気《からげんき》というか、時々凄く落ち込んでいて」

マリエがノエルを助けた日。

実は、ノエルのことをクレアーレが監視しており、そのためロイクの接近に気が付いた。

間に合ってノエルは守れたが、様子がおかしい。

「――そう。そっちは私が面倒を見るから、カーラは早く休みなさいよ」

「は、はい」

カーラを下がらせたマリエは、家計簿を書くのを止めると頭を抱えて机に突っ伏した。

「兄貴の馬鹿。どうしてくれるのよ」

――ノエルの右手の甲に巫女の紋章が出現した。

それを知る前に、リオンは王国に戻ってしまったのだ。

ルクシオン本体も一時的に帰国しており、この事実をまだ伝えられていない。

すぐに戻ってくるため、後で報告するつもりだ。

今はクレアーレがいるので安心だが、問題は紋章ではなくノエル本人だ。

(何で兄貴に惚れるのよ！　兄貴のどこがいいの？　性格が悪くて、口が悪くて、見た目は平凡で、そりゃあ稼ぎはあるわよ。甲斐性なら抜群に――ヤだ。兄貴って実は凄いかも)

ユリウスたちと比べれば、リオンなんて眼中にも入らない――とも言えない。

リオンはルクシオンを手に入れており、今の身分は伯爵だ。

そして、共和国から賠償金を得たリオンは、お金持ちだった。

性格や口の悪さに目をつぶれば、かなりの優良物件である。

(はっ！　そうじゃないわ。問題は兄貴よ！　前から兄貴に気があるのは分かっていたけど、兄貴がそれに気が付かないから)

この屋敷にリオンとノエルが来た時から、マリエは気が付いていた。

ノエルがリオンを意識していたのだ。

だが、リオンがそれに気付いていなかった。

夏期休暇前になると、ノエルが露骨《ろこつ》にアピールをしていたのに――それにも気付かなかった。

（ほんと何が鈍感系は嫌いよ。お前がその鈍感系だよ。それもかなりの鈍感系よ！）

物語に登場する異性の気持ちに気が付かない鈍感なキャラをリオンは嫌っていたが、自分がその立場になってるとはまったく気付いていなかった。

マリエも口を挟むべきか悩んでいた。

リオンには婚約者が二人いると――言えれば良かったのだが、ノエルがとても楽しそうにしている姿を見て言えなかった。

ノエルはとてもいい子だ。

屋敷では家事を手伝ってくれるし、明るくサバサバした性格は同じ女でも嫌な気持ちにならない。

正直、ノエルを応援したいくらいだ。

おかげで、ノエルに事実を言えなかった。

そのために負い目がある。

（私が早く教えてあげれば良かったんだ）

ノエルの気持ちにまったく気付かないリオンに腹を立てる。

（兄貴も兄貴よ。ノエルがどれだけアピールしていたと思っているの？　見ているこっちが苛々したわよ）

腹を立てるが、それでは問題は解決しない。

マリエは諦めて、ノエルと話をすることにした。

ノエルの部屋へと向かう。

◇

ノエルが部屋でボンヤリしていると、マリエがやって来た。

ノエルは無理矢理笑顔を作り、マリエを部屋に入れると互いに向かい合って座る。

ノエルはベッドに座り、マリエは椅子に座った。

「こんな夜にどうしたの？」

マリエがどうして部屋に訪れたのか分からない。

だから尋ねたのだが、マリエが謝罪をしてくる。

「ごめんね。私がもっと早くに教えてあげれば」

それだけで、マリエが何を言いたいのか察した。

ノエルもマリエには早めに教えて欲しかったが、俯いて首を横に振る。

「いいよ。あたしが一人で盛り上がっただけだし。リオンくらいになると、婚約者がいてもおかしくないし。や、やっぱり、いい男は売れるのが早いよね」

あははは、と元気よく笑って見せるが――ノエルは泣きたくなった。

マリエは悲しそうにノエルを見ている。

「リオンのどこが良かったの？」

「それを今になって聞く？　まぁ、いいけどさ。一緒にいて楽だったんだ。色んな事を気にしないで、側にいられるってあたしには貴重でね。このまま、リオンの国についていくのも悪くないかな、って思ってた」

レスピナス家のこと。

巫女のこと。

そして、アルゼル共和国のこと。

色んなものを捨ててでも、ついていきたいと思えた。

（結局、聖樹からは逃れられないのかな）

まるで、一度関わった者を聖樹が逃がさないようにしているのではないか？　そんな風に考えてしまう。

ノエルは包帯を巻いた右手をチラリと見る。

そして、マリエにある話をする。

「マリエちゃんは知ってるかな？　共和国には、有名な話があるんだ」

「何？」

「今はいないけど、共和国には守護者と巫女が存在するの。巫女は代々、ある一族の女性から輩出していたわ」

レスピナス家は女性が当主の家だ。

それは、女性しか巫女の紋章を受け継げなかったせいだ。

「でも、守護者だけは受け継げないの。その時代でもっとも相応しいと思う男性を、巫女が選ぶのよ」

巫女も大貴族の紋章も血縁で受け継げるのだが、守護者だけは実力で選ばれてきた。

そして、選ぶのは巫女だ。

マリエは落ち着いていた。

「詳しくは知らないけど、聞いた気がするわね」

「あ、知ってたんだ。なら、結論から言うとね――巫女が好きになる相手が、守護者に選ばれるの。そして、守護者も巫女を愛して、初めて守護者の紋章が発現するそうよ。結構ロマンチックでしょ」

マリエも同意するが、気になることがあるようだ。

「でも、守護者って基本的に六大貴族の関係者から選ばれるのよね？」

「うん。まぁ、守護者は実力のある者が選ばれるから、強者って共和国だと紋章持ちがほとんどだからね。例外は――一人かな？」

それは自分の父親だった。

父は六大貴族の出身者ではなく、オマケに紋章すら持っていなかったのだ。

そんな父を母が選んだ。

「――だから、巫女になればどんな叶わぬ恋も成就する、ってね。そういう伝説があったんだけどさ」

だが、ノエルの恋は叶わなかった。

（やっぱりただの伝説か）

ノエルは言う。

「もし、もしも――あたしに巫女の紋章が現れたら、リオンに守護者の紋章が現れると思う？」

尋ねると、マリエは真剣な表情をしていた。

そして、目を閉じて頷く。

「きっと選ばれたでしょうね」

「そうかな？　だったら――よかったのにね」

心が弱っていた。

今すぐにでも、誰かに巫女の紋章のことを教えて助けてもらいたい。

ノエルが想像したのはリオンだったが、首を横に振る。

「あ～、やっぱり失恋ってきついよね。ごめん、もう少しだけ時間を頂戴。そうしたら、リオンの事も忘れられるから」

正直、リオンが側にいなくてよかったと、今は思うノエルだった。

◇

マリエはノエルの部屋を出ると、頭を抱える。

(重症だぁぁぁ！　というか、巫女の紋章が出現した時に私が側にいたのも忘れてない!?　確かに、私が巫女の紋章を知っていたらおかしいけどさ！　もっと警戒しようよ！)

これまで一緒に生活してきたが、ノエルは自分がレスピナス家の生き残りであるということを匂わせていなかった。

なのに、紋章を得たことがバレバレだ。

よく右手の甲を見て溜息を吐いている。

（兄貴の馬鹿ぁぁ!!　何で取り返しが付かないようなことをしてくれたのよ！）

マリエはこの場にいないリオンを罵倒《ばとう》する。

よりにもよって、ノエルが選んだ相手はリオンなのだ。

これで婚約者がいなければ、マリエだって両手を挙げて応援する。

しかし、アンジェとリビアがいるためそれは出来ない。

（どうしよう。あの調子だと、本当にノエルが次の恋を見つけられるか分からない）

下手をすると、数年は引きずりそうだ。

それでは駄目なのだ。

学院を卒業してしまう。

下手をすると、このまま一人でもいいかな？　なんて言い出しそうな雰囲気があった。

（男。とにかく男をノエルに紹介して——ぁぁ、駄目だ。うまくいくように思えない。くそっ！　私はどうすればいいのよ！）

◇

そこはドルイユ家の屋敷だった。

招かれたのはロイクだ。

表情の硬いフェルナンと話をしている。

「――ラウルト家を議長代理の椅子から追い落とす、か。ロイク君も過激だね」

「そうですか？」

ロイクは冷静にノエルを手に入れるための手段を考えていた。

その際、邪魔になりそうな者がいる。

アルベルクではなく、ルイーゼだ。

ルイーゼはよくノエルに絡んでいたが、そのせいで手出しが出来なかったことが多い。

それに、父を説得するためにもラウルト家には議長代理でいられては困る。

フェルナンは鋭い視線を向けてくる。

「ドルイユ家はラウルト家に恩がある。私が若くして当主の地位を継いだ際には、アルベルク殿が後ろ盾になってくれた」

「知っていますよ。確か、先々代の頃には繋がりが強かったとか」

「分かってくれて何よりだ」

六大貴族は血の繋がりも濃い。

六大貴族に相応しいのは六大貴族、ということだ。

ただ、そのために血が近くなりすぎてしまった。

フェルナンにルイーゼが嫁がなかったのも、それが大きな理由だ。

ユーグは腹違いの弟で、母親の血が遠いので婚約が成立した。

最初からフェルナンがドルイユ家の当主に指名されており、ユーグもそれを受け入れていたので兄弟仲が良かったのだ。

ただ、この繋がりというのも代を重ねると変わってくる。

実際に、ドルイユ家は随分前にラウルト家と争っていた時期があるし、バリエル家とラウルト家の繋がりが強かった時期もある。

時代によって関係は様々だ。

フェルナンがアルベルクに恩があるのは、ロイクも知っていた。

そして、フェルナンの性格も良く理解している。

(温和そうに見えて、この人が一番共和国に対して愛国心が強い)

「恩があると分かっていて声をかけました。フェルナンさんも理解しているはずだ。アルベルク殿は議長代理に相応しくない、とね。王国への弱腰の態度がその証拠だ」

フェルナンの表情がきついものに変わる。

「ただの弱腰ではない。アインホルン――あの飛行船は、同型艦が既に量産されて港に停泊しているそうじゃないか。そんな国に強気の態度を見せ続けてどうする？」

「それで弱気になっては困りますよ。今後の交渉に問題が出てくる」

フェルナンというのは愛国心が強い。

それも、強者である共和国に対して、だ。

王国に負けたことを認めるのは屈辱なのだろう。

だが、為政者として現実も見ている。

ロイクはそこを突いた。

「——王国は手強い。だからこそ、相応の態度を取る必要があります。今後の交渉も含めて、アルベルク殿の態度は悪手だった」

フェルナンもそう思っているのか、ロイクから顔を背けた。

ロイクは交渉のカード——これ以上はないカードを切った。

「——巫女が見つかりました」

それを聞いてフェルナンがロイクへと振り向き、目を見開いていた。

ロイクは話を続ける。

「かつてラウルト家が滅ぼしたレスピナス家の生き残り——双子の姉妹の名前は、ノエルとレリアです。現在は苗字を変えて学院に通っていましてね」

それを聞いたフェルナンがまた驚く。

「アルベルク殿がヘマをするとは思えないが——生き残っていてくれたか」

ラウルト家がレスピナス家を滅ぼした。

若い世代はそれだけは知っているが、当時の詳しい事情は聞かされていない。

関係者たちが口を噤《つぐ》んだからだ。

今の六大貴族の当主たち――の、前の世代ならもっと詳しい話を知っているだろうが、誰も喋らなかった。

バリエル家の先代当主は既に亡くなり、ドルイユ家も同様だ。

調べる術《すべ》がない。

他家に乗り込み話を聞くというのも難しい。

だが、ラウルト家は議長代理に収まっている。

それを疑問に思う若い世代は多かった。

ロイクもそこが気になっている。

(アルベルク殿がノエルたちを逃がすとは思えないが、何か理由があるのだろうか?)

滅ぼすなら、跡取りなど絶対に見逃せない相手だ。

それを逃がしたなど失敗である。

ただ、ロイクはその辺りの事情にあまり興味がない。

ノエルが巫女に選ばれた方が重要だ。

「巫女に選ばれたのはノエルです。フェルナンさん、俺は――ノエルをバリエル家に迎え入れようと思います」

それを聞いて、フェルナンが冷たい目を向けてくる。

「生きておられて、巫女に選ばれたのならば六家で保護するべきだ。一つの家が独占するなど、あってはならない」

それはバリエル家に大きな権力を渡したくない、というフェルナンの本音も含まれている。

だが、ロイクも見返りは用意している。

「ユーグについてですが、学院を卒業後はフェルナンさんの手伝いをさせるつもりですか？」

話が急に変わったことを怪訝《けげん》に思うフェルナンだったが、頷く。

「その予定だ」

「ユーグは不真面目なところはあっても有能な男です。六大貴族の当主になってても十分にやってくれますよ」

フェルナンが警戒心を強めていた。

「私が拒否すればユーグをドルイユ家の当主にするつもりか？」

「まさか。貴方はこれからの強い共和国のために必要な人だ。ドルイユ家の当主は、間違いなくフェルナンさん一人。でも、ユーグだって当主にしていいでしょう？　何しろ、あいつの婚約者はルイーゼだ」

それを聞いたフェルナンがすぐに理解する。

「無駄だ。セルジュ君がいる」

セルジュの名前が出てくると、ロイクは鼻で笑った。

「冒険者なんて目指している男が、本当に六大貴族に相応しいとお思いですか？　それに、あいつは六大貴族を毛嫌いしている。フェルナンさんも、次期ラウルト家の当主とは友好な関係を続けたいでしょう？」

それが仲の良い腹違いの弟ならば、フェルナンにとってはいい話だ。

ユーグは有能だが、フェルナンに対して盲目的なところがある。

それをフェルナンも理解していた。

ロイクはもう一押し加えた。

「ラウルト家を継ぐのはユーグとルイーゼです。二人の子なら、ラウルト家を継いでも誰も文句を言いませんよ。――議長代理を除いては、ね」

フェルナンは少し考え、そして決断する。

「いいだろう。その取引に応じよう。だが、巫女様が学院を卒業し、独り立ちをすれば議長になっていただく。議長はレスピナス家が務めると約束してくれるね？」

ロイクはその辺りに興味がない。

（バリエル家の専横を警戒しているのだろうが、俺が守護者になれば嫌でもレスピナス家の後ろ盾はバリエル家だ。まぁ、将来を見据えてのことだろうな）

「もちろんです。まぁ、守護者として今後はノエルの後ろ盾にはなりますがね」

共和国はこれまでにも守護者を輩出した家が権力を持つことがあり、珍しい話でもなかった。

フェルナンは、バリエル家で今後もレスピナス家の巫女を独占するのは許さないと言っているのだ。

フェルナンは辛そうな表情をしていた。

アルベルクを裏切ることに、良心が咎めているのだろう。

だが、ロイクには関係ない。

（恩があってもこの程度だな。ラウルト家の力が手に入ると知れば、すぐに裏切る。だが、俺のために役立ってもらうぞ――フェルナン）

◇

ドルイユ家の屋敷に用意されたルイーゼの部屋。

ルイーゼは、夏期休暇はそこで生活していた。

ユーグとの仲を深めるためというのは建前で、もうほとんど嫁いだようなものだ。

それを他の六大貴族たちに示しているに過ぎない。

理由は、ラウルト家がさっさとドルイユ家との間に繋がりが欲しかったからだ。

議長代理として働くアルベルクにとっては、味方となる家がないと困るのだ。

だが、ユーグはルイーゼの部屋に訪れなかった。

夏期休暇は共和国でも一ヶ月以上もある。

それなのに、一度も訪ねてこない。

窓の外を眺めると、ユーグが車に乗り込み出かけるところだった。

「また女遊びか」

ルイーゼはそれを咎めない。

お互いに気持ちがないのは分かりきっているからだ。

さっさと手を出してくれれば、話がスムーズに進むのに――という程度の気持ちしかなかった。

ルイーゼは部屋にいても仕方がないので、外に出て買い物にでも向かおうとする。

すると、ルイーゼの部屋の前に数人の使用人たちがいた。

「ルイーゼ様、どちらへ？」

少し焦っているように見えた。

「買い物にでも出かけるわ。車を用意してもらえる？」

使用人たちが顔を見合わせる。

そして、すぐにルイーゼに答えた。

「かしこまりました。準備が出来るまでお部屋でお待ちください」

「どうせ玄関前で乗るなら、そっちで待つわ」

「いえ、お部屋でお待ちください」

部屋に戻されたルイーゼは、何だか妙な気分だった。

(何かしら？　昨日と雰囲気が違うわね)

何かをルイーゼから隠そうとしているように感じた。

◇

その日の夜だ。

ユーグと夕食を共にするはずだったのだが、いつまで経っても現れない。

給仕をする使用人たちも困っている。

「ユーグはまだ戻らないの？」

ルイーゼが尋ねると、使用人の一人が答える。

「戻られてはいるのですが、フェルナン様に呼び出されたとのことです」

「フェルナンさんに？」

夕食前に呼び出すだろうか？

フェルナンはむしろ、ルイーゼの相手をしないユーグを叱っていたはずだ。

何か重要な用事でもあるのか？

そう思っていると、ユーグが部屋に入ってくる。

乱暴に自分の席に着くと、給仕たちが持って来た酒瓶を奪ってグラスに注いで飲み始めた。

ルイーゼが注意する。

「態度が悪いわよ」

ユーグは笑みを浮かべていた。

ルイーゼはそれが気になる。

普段なら興味がなさそうに「あぁ、そうだな」くらいにしか返事をしてこないのだ。

「どうしたのよ？」

「ルイーゼ、これから面白いことが起きるぜ」

ユーグはそう言うと、給仕たちが持って来た食事に手を付けた。

ルイーゼは何のことだか分からない。

ユーグはグラスを掲げると、楽しそうにしていた。

「明日は共和国にとっていい日になる」

◇

マリエの屋敷。

門の前には多くの車がやって来ていた。

兵士たちが儀礼用の装備を着用している。

後ろには完全武装の兵士たちもいるし、空には飛行船が浮かんでいた。

屋敷は地上も空も取り囲まれている。

カイルが窓の外を指さす。

「ご主人様、他の飛行船も集まってきていますよ！」

家紋の違う飛行船が集まってきている。

まるで観戦しているようだ。

カーラが震えていた。

「マリエ様、鎧《よろい》まで飛び回っていますよ！」

屋敷が取り囲まれている。

朝っぱらから、騒がしくて仕方がない。

寝間着姿で寝癖の付いたマリエは、慌てて飛び起きたせいで枕を抱きしめていた。

「お、落ち着きなさい！　こういう時は頬をつねって夢かどうかを確認するのよ！」

三人が頬をつねる。

——痛い。現実だった。

カイルが頭を抱えていた。

「どうするんですか！　伯爵は一時帰国しているのに！」

カーラも同様だ。

「うわ〜ん、バルトファルト伯爵、早く帰ってきて！」

五馬鹿には一切期待していない二人だった。

マリエも同じ気持ちだ。

「クレアーレ、リオンはまだ戻らないの!?」

『う〜ん、もうすぐ戻るとは連絡が来たけど、まだ時間はかかるわね。よし、リコルヌを出撃させてこいつらを焼こっか！』

マリエはクレアーレにも恐怖する。

(こいつら、平気で人殺しが出来るのがやべぇ！　というか、そんなことをしても平気なの？　外交問題にならない？　え、でもこれって問題じゃないの？　というか、何で兄貴がいない時に攻め込んでくるのよ！　――ま、待って、これって兄貴がいないから攻め込んできたんじゃないの？　兄貴の馬鹿野郎ぉぉぉ!!)

リオンがいないから攻め込まれたと勘違いしたマリエだったが、屋敷に燕尾服《えんびふく》姿の使者がやって来る。

『おや、宣戦布告かな？　リコルヌに、アインホルンほどの性能はないと考えているのかしら？　だったらお前らで試してやるよ！　私のリコルヌは、アインホルン以上に出来る子だって証明するわ！』

あいつらに大砲とミサイルをぶち込んでやるぜ！　と、意気揚々としているクレアーレをマリエは枕で押さえ込む。

「この馬鹿！　そんなことをしたら戦争になるじゃない！　と、とにかくあの人を屋敷に入れるわ！」

マリエがバタバタとしていると、使者が声を張り上げる。

「私はバリエル家に仕える者でございます。ノエル・ジル・レスピナス様――お迎えに上がりました！」

マリエはそれを聞いて目を丸くした。

「な、何であいつらが、そのことを知っているのよ」

こんな展開、マリエは知らなかった。

◇

名前を呼ばれたノエルが外に出ると、使者が膝をついて頭を下げてきた。

バリエル家の家臣の中でも身分が高いだろうその人物は、右手の甲に紋章を宿している。

そして、ノエルを前にして言う。

「よくぞご無事で。レスピナス家の跡取りである貴女様をお迎えできて、大変嬉しく思います」

呆然とするノエルが見るのは、屋敷を取り囲んでいるバリエル家の兵士たちだった。

周囲の野次馬たちも集まってきている。

野次馬たちがノエルを見ていた。

「レスピナスだって！」

「生き残りがいたのか？」

「え、でも跡取りって――巫女様!?」

そんな野次馬たちを、兵士たちが追い払っていた。

だが、もう自分が生き残りであると知られてしまった。

(あ～、もう何もかも駄目だ)

右手を見るノエルは、自分を迎えに来たと言い張る男を前に聞くのだ。

「随分物騒よね。ここの人たちをどうするつもり？」

使者は頭を上げずに答える。

「巫女様を取り戻すため、命を賭けてまいりました。巫女様を取り戻すためならば、たとえ王国の騎士が相手だろうと戦うのみです」

ノエルは俯《うつむ》く。

(リオンがここにはいないって知っている癖に)

ノエルが立ち尽くしていると、門から一人の青年が歩いてくる。

——ロイクだった。

「ノエル、迎えに来たぞ」

「ロイク、あんた」

ロイクは取り囲んだバリエル家の軍隊を見る。

大砲は向けられていないが、いつでも攻め込める準備が整っていた。

ノエルがロイクに怒りをぶつける。

「あんた、フェーヴェル家に続いてこの人たちに喧嘩を売るつもりなの!?　フェーヴェル家がどうなったか忘れたの？　こんなことをしているから、共和国はいつまで経っても野蛮な国だって言われるのよ」

ロイクは微笑みながらノエルの話を聞いていた。

とても不気味だった。

ノエルが怖がっていると、ロイクが両手を広げて口を開く。

「君にはそれだけの価値がある！」

「え？」

戸惑うノエルを放置して、ロイクは白々しい芝居をしながら話を続ける。

「たとえ、俺たちが全滅しようとも、お前を救うために命を投げ出すだろう。バリエル家だけじゃない。他の五家も戦わざるを得ない。いや――国中がお前を求めて戦うな」

巫女というのはそれだけ共和国で重要な存在だった。

巫女が不在となり十年以上――それを不安に想う人々は多い。

貴族だけではなく、共和国に暮らしている民も同じだ。

人と聖樹を繋ぐ存在。

聖樹を崇める国では、とても大事な存在だ。

ノエルを取り戻すために、きっと大勢が戦うだろう。

たとえそれが、共和国を敗北一歩手前まで追い込んだリオンが相手でも、だ。

(こいつ、大勢の命を盾にして)

ロイクの狙いはこれだった。

戦争になれば大勢が死ぬ。

それに、ノエルが耐えられないと分かっての行動だ。

集まった大勢の人たちを盾にして、ロイクはノエルに迫っていた。

「ノエル、俺たちはお前のために最後の一人まで戦うだろう。お前はどうする？　俺たちの気持ちを無視して――いや、俺の手を払いのけていいのか？」

バタバタと階段を降りてくる足音が聞こえてきた。

マリエたちだ。

急いで着替えてきたのか、マリエは寝癖が付いている。

マリエはロイクを見ると吼える。

「てめぇ、この野郎！　やっていいことと悪いことがあるだろ！　あに――リオンがいないからって、調子に乗るなよ！」

ロイクはマリエを見て鼻で笑っていた。

「いや～、怖いな。怖い、怖い。港には白いアインホルンが停泊していたな？　きっとアレも勝手に動いて、俺たちを次々に倒していくんだろうな。だが、俺たちは最後の一人になっても戦うぞ。お前はアルゼルの巫女だからな」

ノエルの顔から血の気が引いた。

自分のために大勢が死ぬと想像すると、脚が震えてくる。

ロイクがノエルに近付くと、耳元で囁く。

「ノエル――俺の物になれ。それがお前の運命だ」

「うん、めい？」

「そうだ。巫女に選ばれたお前には、もう選べる道は二つだ。逃げて大勢を殺すか、俺のところに来て共和国に平和をもたらすか――さぁ、選んでいいぞ」

選んでいいと言うが、ノエルに選べるのは一つだけだった。

「あんた、本当に最低よ」

「お前を愛しているんだ。そのためになら、何だってするさ。俺の愛の大きさが理解できたか？」

引っぱたこうと手を上げるが、ノエルはすぐに手を力なく下げた。

マリエが後ろで叫んでいる。

「ノエル、そいつの口車に乗せられたら駄目よ！　すぐにリオンが来て解決してくれるから！」

ロイクがリオンの名前を聞いて眉をひそめた。

「リオン――バルトファルト伯爵か？　確かにあいつは強いだろうな。だが、お前のためにどこまで本気で戦ってくれるかな？　しょせんは外国の人間だ。この国のために本気など出さない。まぁ、出してもいいけどな」

リオンが自分のために命を賭けて戦ってくれるだろうか？

――それはない。

リオンには立場があり、故郷には婚約者もいる。

ノエルを助けるために、ロイクと戦うことはしないだろう。

もしも戦うとしても――ノエルは、リオンを戦わせたくなかった。

(これ以上、迷惑はかけられない)

ノエルは振り返る。

「ごめん、マリエちゃん――あ、あたし、行くわ」

マリエが唖然としていた。

ノエルが歩き出すと、ロイクがその横に立って腰に手を回した。

乱暴にノエルを引き寄せる。

「きっと俺たちの気持ちに応えてくれると思ったよ、ノエル！　さぁ、巫女の誕生を共和国全土に知らせよう！　これで共和国は安泰だ！」

ロイクとノエルが歩いてくる光景に、周囲は歓声を上げていた。

ノエルは一人俯いていた。

(あたし一人が我慢すれば、もう何の問題もない。レリア——ごめん、隠しきれなかったよ)

双子の妹に謝罪をしつつ、ノエルはロイクが用意した車に乗り込むのだった。

第07話「首輪」

ノエルとレリアのアパートにやって来たのは、クレマンだった。

学院の教師であるクレマンは、筋骨隆々ながら化粧をしている。

筋肉の形が分かるくらいのピチピチのシャツを着て、喋り口調が女性の背の高い男性教師だ。

だが、本当はレスピナス家に仕えていた騎士である。

学院では、陰ながらノエルとレリアを守っていた。

ノエルとレリアが学院に入学できたのも、レスピナス家の元家臣たちの尽力のおかげだ。

「レリア様――ノエル様が、バリエル家に保護されました」

悲壮感漂うクレマンが、青い顔をして告げる。

知っていたレリアは、あまり慌てなかった。

「そう」

「――驚かれないのですか？」

普段は女性のような喋り方をしているクレマンが、真面目に話をしているため男口調だ。

レリアはそこに違和感を覚えるが、口に出して言う場面でもない。

内心、レリアは落ち着いていた。

（今のロイクにならら、きっと姉貴だって納得してくれる。そもそも、あんな男が守護者に選ばれたのが間違いなのよ）

ノエルの相手はリオンではない。――ロイクだ。

それが、正しいシナリオだ。

「あんたたちが私たちを庇《かば》っているのは知っていたわ。学院にだって問題なく入学できたからね。それに――クレマン先生は私たちの世話を焼いてくれたからね」

クレマンはレリアを前に膝をつく。

クレマンは、二人のことを日頃から気にかけていた。

アパートに何度も様子を見に来たし、学院でもそれとなくフォローを入れている。

「ご存じでしたか」

「少し考えれば気付くわよ。――まぁ、姉貴は気付いていなかったけど」

「そうでしょうね」

クレマンはノエルが気付いていないことを、何となく察していたようだ。

レリアが知っていたのは、あの乙女ゲーの知識があったからだ。

主人公はレスピナス家という七大貴族筆頭の家の出身だ。

その元家臣たちが支えてくれていた。

「しかし、ノエル様が巫女に選ばれたのは意外でした」

「意外？」

クレマンの言葉にレリアは首をかしげた。

「何で？　お母様もお父様も、私には適性がないって言っていたわよ」

クレマンは戸惑っている。

「い、いいえ。何となくですが、選ばれるならばレリア様だろう、と思っていたのです。適性のことは知りませんでした。当時の私はレスピナス家に仕える騎士でも下の方でしたから」

レリアは溜息を吐く。

「姉貴が巫女よ。それで、あんたたちはどうするの？」

「我々よりもレリア様の身の安全が最優先です。バリエル家がどのように動くのか分かりません。とにかく、すぐにこの場を離れましょう」

クレマンはレリアを匿《かくま》うつもりのようだ。

だが、レリアは慌てない。

最初から知っていたことだ。

「大丈夫よ。エミールが迎えに来てくれるわ」

「え？」

外が騒がしくなる。

クレマンが慎重に窓の外を見れば、そこにはプレヴァン家の家紋が描かれた車が何台も停まっていた。

プレヴァン家の騎士たちが儀礼用の装備を身にまとい、そしてエミールがスーツ姿で現れる。

「エミール君？」

クレマンがハッとしてレリアへと視線を向けた。

レリアは言う。

「あんたも来る？　私はエミールのところで世話になるわ」

学院にいるレスピナス家の関係者たちに事情を知らせるため、クレマンには色々と話しておかなければならない。

レリアは、ここに来てようやくシナリオが進んだと安堵していた。

◇

マリエは大慌てだった。

（ぎゃぁぁぁ!!　兄貴がいない間に、ノエルを奪われるなんて――わ、私は殺されるぅぅぅ!!）

ロイクにノエルを奪われてしまった。

しかし、ロイクがなりふり構わずノエルを奪いに来るとは考えていなかったのだ。

あそこで徹底抗戦をするのもマリエには難しかった。

頭を抱えて悶《もだ》えているマリエを見ているのは、クレアーレだった。

『マリエちゃんは見ていて飽きないわよね。私、マリエちゃんが好き』

「それはどうもありがとう！　それよりも、何で早く知らせてくれなかったのよ！　ロイクが攻めてくるなら逃げたのに！　ノエルを連れて逃げ回ったのに！」

　クレアーレはマリエの考えを訂正する。

『どうせ港にも人を回していたわよ。最近、リコルヌを見張る警備艇が増えたとは思っていたけど、このための布石だったのね』

「知っていたら教えてよ！　あんた、兄貴が怒っていたら一緒に謝ってくれるの!?　そこ、大事なところよ！」

『その保身に走るところ、グッドよ！　――まぁ、正直な話をすると、マスターがいても引き渡すしかなかったと思うわ』

「え？」

　クレアーレはロイクとノエルの会話を盗聴していた。

『私だって情報くらい集めているわよ。マスターが不在のタイミングを狙ったのは事実だけど、あいつら遅かれ早かれ動いたわね』

「やっぱり兄貴がいないから！」

『あ～、違うの。あのロイクって子はノエルちゃん狙いよ。でもね、六大貴族たちは他の思惑があるの。バリエル家が、ラウルト家を追い落としにかかっているみたいよ』

　マリエは政治の話をされても困る。

「――へ？」

『その分かりません、って顔が好き！　まぁ、簡単に言うと、共和国の内ゲバよ。マスターがいてもきっと起きたわね。それにしても、あのロイクって子も凄いわね。自分たちを人質にノエルちゃんと交渉していたわよ』

ロイクが最後の一兵まで戦うとノエルを脅したのを聞いて、マリエはドン引きするのだった。

「私の知っている乙女ゲーの攻略対象じゃない」

ロイクはもっと格好いいと思っていたが、行動が格好悪い。

『あのロイクの態度なら、マスターも引いたわよ。だから、マリエちゃんが気にしなくてもいいわよ。むしろ、これってマリエちゃんたちの言うシナリオ通りじゃない？　ノエルちゃんがロイクと結ばれればハッピーエンドよね。――ノエルちゃん以外は、ね』

マリエは俯く。

「――私はノエルにも幸せになって欲しいのよ」

クレアーレがそれを否定する。

『それこそ無理よ。みんなのハッピーと、あの子のハッピーを両立するなんて、今の状況では難しいわ』

マリエは一緒に生活したノエルを思い出し、何も出来ない自分が嫌になるのだった。

そこに、玄関からのんきな声が聞こえてくる。

「ただいま～。みんな、お土産を買ってきたよ！」

――リオンの声だった。

クレアーレが興奮する。

『あ、マスターが帰ってきたわ。マスター！』

リオンに会いに行くために文字通り飛んでいく。

マリエは歯ぎしりをするのだった。

(遅ぇよ！)

◇

マリエの屋敷に戻ってくると、コーデリアさんが頬をピクピクさせていた。

「何ですか、この屋敷は？　手入れがほとんどされていないじゃないですか」

メイドとして我慢できないようだ。

階段から降りてきたカイルが、その言葉に反論する。

「こんな大きな屋敷を少ない人数で維持しているだけでも褒めて欲しいですね。大体――」

子供ながらに生意気な態度。

そんなカイルの言葉を遮るのは、旅行鞄を置いて飛び付くユメリアさんだ。

「カイル！」

「か、母さん!?」

親子の感動のご対面。

俺はほろりと涙を流す。

コーデリアさんも空気を読んで黙ってくれた。

「カイル、あのね！　私もはくしゃ――リオン様のお世話をするために、こっちで働くことになったの。これで一緒にいられるね！」

嬉しそうなユメリアさんだが、カイルはすぐに引き離した。

とても嫌そうな顔をしているが、耳が赤い。

「し、仕事中だよ！　それに、どうして母さんが外国に来るんだよ。他の人でもいいじゃないか」

それを聞いたユメリアさんがショックを受けていた。

「――カイルは、私が側にいるのは嫌なの？」

カイルが俺やコーデリアさんをチラチラ見ており、気にしているのが丸分かりだった。

こいつ思春期か。

「い、嫌とかそういうのじゃなくて、僕は仕事中だよ！　仕事にプライベートは持ち込まないの！」

何というプロ根性だ。

だが、真に受けたユメリアさんが落ち込んでいるのでフォローする。

「カイル、思春期なのも分かるけど、もっと優しくしてやれよ。多少の公私混同は許してやるぞ。ほら、ユメリアさんの胸に飛び込め」

俺の言葉にカイルが顔を真っ赤にする。

「あんたも思春期だろうが！」

馬鹿め。俺は人生二度目だ。

二度目の人生に思春期などない。

「お前と一緒にするな。俺は大人だ」

「嘘吐け！」

そんな俺の横に浮かんでいるルクシオンが、馬鹿にしたように呟く。

『マスターはずっと思春期のようなものですけどね』

「おい！」

この人工知能、マスターにまったく優しくない。

玄関で騒いでいると、クレアーレが飛んできた。

『マスター、お帰り～』

「ただいま。それより、変わりはないか？」

俺が不在時に何か起きていないか確認すると、クレアーレは何もなかった、みたいな口調で言うのだ。

『そうね。ノエルちゃんがバリエル家に連れて行かれたくらいかしら？　あ、お土産があるわね。マリエちゃんが喜ぶわよ。貴重な糖分が手に入る、って』

そうか、ノエルが連れて行かれたのか～、なんて呟いた俺はハッと気が付く。

「お前それ、一大事じゃねーか！」

そして気が付く。

屋敷が静かすぎるのだ。

「あれ？　ユリウスたちは？　この一大事に、あいつら何をしているんだ？」

あいつら、普段は役に立たないんだからこういう時くらい――と思っていると、マリエが冷や汗をかいていた。

「おい、何があった？」

「――お、追い出した」

「え？」

マリエが大声を出す。

「追い出したの！　夏期休暇に入ると家事は手伝わないし、生活費も持ち出したのよ！　買ってきたのは役にも立たない花束よ！　しかも大量に――処分にどれだけ苦労したと思っているのよ」

後半はブツブツと文句を言っていたが、ユリウスたちを追い出したのか。

「だ、大丈夫なんだろうな？」

クレアーレが笑っている。

『平気よ。ちゃんと監視しているわ。なんなら、後で彼らの活躍を見る？　一見の価値はあるわよ』

「無事ならいいけどさ」

まぁ、マリエが追い出したい気持ちも分かるし、あいつらは少し世間を学んだ方がいい。

それにしても、本当に役に立たない連中だ。

あいつら、本当に乙女ゲーの攻略対象なのか？

◇

マリエとクレアーレに詳しい事情を聞くため、使用していない部屋に入った。

この話題は他の人間に聞かれては困る。

『――と、いうわけなのよ。ロイクが、共和国の兵士たちを盾に交際を迫った形ね』

「そこまでするのか」

ノエルが巫女に選ばれてしまったのは、タイミングの問題はあっても予定通りだ。

しかし、ロイクの行動は度が過ぎる。

大勢の人間の命を盾にするなんて、何を考えているのか？

『あ、マリエちゃんを責めないであげてね。マスターだって、その場にいたら見送っただろうし』

クレアーレの後ろで縮こまっているマリエを見て、責めるよりも先に解決策を考えた方がいいと思い、気持ちを切り替えた。

だが、一つ言いたい。

「俺なら意地でもノエルを止めるよ」

『――ノエルちゃんは、マスターがいてもロイクについていったと思うわよ』

「え？」

マリエがクレアーレの後ろに隠れているが、ほとんど見えている。

小さな球体の後ろに隠れるのは、小柄なマリエでも無理があった。

「兄貴の鈍感」

「どういう意味だ？」

笑顔を向けてやると、マリエが「ひっ！」と怯《おび》える。

ルクシオンが呆れたように赤い瞳を横に振った後に、俺の方へと向けてきた。

『マスター、どうしますか？　共和国と一戦交えるのか、それともこのまま流れに任せて見守るのか――マスター次第ですよ』

クレアーレは共和国の情報を集めていたようだ。

『バリエル家は、このままノエルちゃんとロイクを結婚させるみたいね。次の守護者の地位を狙っているんじゃないかしら？』

そこで俺は一つ気になった。

「ちょっと待て？　ノエルの持つ巫女の紋章って――どっちのだ？」

苗木ちゃんか、それとも聖樹か――どちらに選ばれたか、確かめた方がいいのではないか？

クレアーレに視線が集まると、テヘッ！　と言い出した。

『たぶん、苗木の方じゃない？　データが少なくて特定できていないの』

「お前、そこは大事なところだろうが！」

すると、ルクシオンが特定する。

『問題ありません。ノエルを選んだのは苗木の方です』

マリエが驚く。

「え？　何で分かるの？」

ルクシオンは答えなかった。

俺へ問いかける。

『ここからはマスター次第です。今のノエルは、シナリオ的に言えば正しい道を辿っています。それでもマスターは、ノエルに関わるのですか？』

シナリオ通りに進んでいるのに、俺たちが関わる必要があるのか？

俺はおちゃらけて見せた。

「お前は馬鹿か？　無理矢理連れて行かれたなら、それはシナリオ通りじゃない。むしろ、バッドエンドだ。間違った道だろ？　――ノエルを取り返す。最悪、一時的に王国に逃がしてもいい」

『結局、助けるのですね』

ロイクの野郎は駄目だ。

あいつはノエルに相応しくない。

マリエが何かを言いかけ、口を閉じてしまった。

そして、クレアーレがもう一つの問題を伝えてくる。

『あ、それはそうと、ラウルト家のルイーゼと、ドルイユ家のユーグが婚約したわよ。マスター、ルイーゼと仲が良いのよね？　お祝いしなくていいの？』

――俺がいない間に、色々とイベントが発生しすぎじゃない？

◇

「あのろくでなし——共和国に来て、すぐにマリエと部屋にこもって」

メイド服に着替えたコーデリアは、手入れの行き届かない職場の掃除にかかっていた。

そんなコーデリアが、リオンとマリエが部屋にこもっていると知ってしまったのだ。

すると、リオンをろくでなし呼ばわりし始める。

本来なら同じ屋根の下で暮らすことすら許しがたいのに、同じ部屋に入るなどコーデリアにしてみればアンジェへの裏切りだ。

「これはすぐにアンジェリカ様に報告を——ん？」

一緒に掃除をしていたユメリアを見る。

食堂のテーブルに飾られている透明なケースに入った植物を見て、ボンヤリとしていた。

「ユメリアさん、どうしたのですか？」

声をかけられたユメリアは、ハッと驚いた後に謝罪してきた。

「ご、ごめんなさい！　あの、その——この子が気になって」

コーデリアはケースに入った植物——苗木を見る。

「確かに変ですね。飾るにしては華がなさすぎます。これが共和国風なのでしょうか？」

すぐに取り替えたいが、屋敷の主人に確認を取るべきと判断する。

「テーブルに飾るには寂しいですが、勝手に取り替えて問題が起きても困りますね。後で確認を取りましょう」

仕事は真面目にするコーデリアだった。

だが、ユメリアの様子がおかしい。

(息子さんに邪険にされて落ち込んでいるのかしら？　少し休ませた方がいいわね)

きっとカイルに冷たくされたのが原因だろう。

コーデリアはそう判断すると、ユメリアを休ませることにした。

「ユメリアさん、疲れているのなら先に休んでください。こちらは私が片付けておきます」

「で、でも」

「――息子さんと話をしてください。忙しくなれば、話をしている暇もなくなりますよ」

「は、はい！」

ユメリアが部屋を出ていく。

そしてコーデリアは思い出した。

「しまった！　ここに一人で残ったら、あのろくでなしを調べられない！」

仕事を放り出すことも出来ず、コーデリアは悔しそうな顔をしながら掃除を再開する。

◇

カイルのところへ向かおうとしたユメリアだが、廊下で立ち止まって辺りを見回した。

「誰？」

誰もいない廊下で、声をかけられた気がしたのだ。

普通なら怖くなるのだが、その声はとても――優しかった。

窓の外を見ると、共和国の象徴である聖樹が見える。

まるで山を見ているような気分になる。

ユメリアは、聖樹を見ているとボンヤリしてしまった。

「何だろう。何か――」

窓に近付くと、丁度通りかかったカイルに見つかった。

「母さん、仕事はどうしたの？」

呆れた顔をしている息子を見たユメリアは、慌てて言い訳をするのだった。

「え、えっとね。声をかけられてね！」

「誰もいないよ」

ユメリアも返答に困り、カイルを前に俯いてしまうのだった。

「ごめん」

「まったく。早く掃除を終わらせてよね」

◇

ノエルの件を聞いたアルベルクは、思わず立ち上がった。

場所はラウルト家の屋敷にある執務室で、書類仕事の真っ最中だった。

「あり得ぬ！」

部下からの報告に叫んでしまった理由は、ノエルに巫女の紋章が出現したからだ。

「巫女の紋章がどうしてあの子に――いや、そうか」

すぐに気が付く。

（そうか。苗木か！　それならば、あの子が選ばれたことにも納得がいく。あの子は苗木に近い場所にいた）

リオンの屋敷で世話になっているのは知っていた。

しかし、苗木がこんなに早く巫女を選べるとは、アルベルクも思っていなかった。

部下が報告を続ける。

「バリエル家では、すぐにでもノエル――いえ、巫女様と次期当主であるロイク様の結婚式を挙げるようです」

「結婚式だと？」

あまりにも早すぎるバリエル家の動きに、以前から知っていたのではと疑いを持つ。

（ベランジュは、私が議長代理の地位にいるのが気に入らなかった。このまま私から地位を奪うつもりか？）

それでは困る。

アルベルクはすぐに対策を考えるために、頼りにしているフェルナンに相談することにした。

「フェルナンに連絡を取れ」

（それにしても、レスピナス家の生き残りに巫女が――これも運命か）

◇

バリエル家の屋敷では、ノエルが監禁されていた。

保護されたのは表向きの話で、実際は逃げられないようにドアが開かない。

窓にも鉄格子が設置され、ドアや窓の外には常に見張りが立っている。

ベッドの上に座るノエルは、部屋にやって来たロイクを見た。

ロイクは鎖付きの首輪を持っている。

「これがお前の結婚指輪になる」

「あんた、頭がおかしいんじゃないの？」

「まぁ、聞け。こいつは聖樹の一部を使って製作された道具だ。首輪の方は下僕がつけ、こちらの腕輪は主人がつける。そうすると、首輪がついた者は主人から逃げられなくなる」

両方装着されると、鎖は消えてしまう。

だが、離れられなくなるという道具だ。

無理に逃げようとすると、鎖が出現して下僕の方を無理矢理引き寄せる。

首輪は二度と外れない。

「そんな道具があるなんて」

ノエルは知らなかった。

「聖樹の利用はここ最近で大きく進んでいる」

「はっ！　聖樹を利用しているわけね。聖樹は寛大《かんだい》よね。あんたたちに利用されても、紋章を奪わないんだから」

ロイクはノエルに近付くと、髪の毛を掴んで顔を近付けた。

「もうお前は逃げられないぞ」

ノエルはロイクを睨む。

「好きにしなよ。けど、あたしは絶対にあんたなんか認めない。あたし一人のために、大勢を犠牲にするようなあんたなんかに」

それを聞いたロイクは笑っていた。

「相変わらず気が強いな。その態度がいつまで続くのか楽しみだ。結婚したら、どちらが上か丁寧に教えてやる」

結婚の話に、ノエルは目を丸くして驚いた。

「け、結婚ですって!?」

「あぁ、そうだ。俺とお前が永遠《とわ》に結ばれる儀式だよ！　ついでに、アルゼルに巫女と守護者が復活するめでたい日になるな」

ノエルはロイクから目をそらした。

「守護者は巫女が選ばないとなれないはずよ。それに、相応しい人間じゃないと」

「俺は相応しいさ！　六大貴族バリエル家の次期当主で、聖樹を守るための強さもある！　それに俺はお前を愛しているんだ。俺以上に相応しい人間などいない」

ノエルはロイクを見る。

「本当に馬鹿ね。あたしを選んだのは聖樹の苗木の方よ。あんたの持つ紋章を与えた聖樹は、あたしを認めていないわ。残念だったわね、ロイク」

ロイクはノエルに笑みを向けた。

「それがどうした？」

「――え？」

「聖樹だろうと、苗木だろうと関係ない。聖樹ならそれでいい。苗木なら、バリエル家が管理すればいいだけだ。今後、バリエル家が共和国の筆頭として国を導くだけだ」

「苗木はリオンが――」

「聖樹の苗木が巫女と守護者を選ぶ。余所者《よそもの》が持ち出すなら、外交でも何でも駆使して奪い返せばいい。あいつは、いったいいくらで苗木を売るだろうな？　いや、あいつの国と交渉しよう。どれだけの値をつけようと、共和国は買い取るさ」

何をしてでも取り戻す、とロイクは言う。

実際にリオンたちが苗木の価値を正しく理解しているか分からない。

それに、苗木を利用するなら巫女の存在が不可欠だ。

ノエルが共和国に囚われている以上、王国に苗木を活用する手段がない。

それなら、交渉材料にする可能性がある。

なくてもいい。

ロイクが欲しいのはノエルであり、ベランジュが欲しいのは議長代理の椅子である。

「ノエル、お前に逃げ場はない」

ロイクがノエルをベッドに押し倒す。

そして、ノエルの首に首輪を取り付けようとする。

「は、放せよ！」

「大人しくしろ！」

ロイクは抵抗するノエルを殴りつけた。

ノエルが驚いて動きを止めると、首輪を取り付けて自分の左腕に腕輪を装着する。

すると、ロイクの話の通りに鎖が消える。

ロイクは左腕を眺め、そして腕輪にキスをした。

ノエルがベッドの上で動かないでいると、ロイクが優しく語りかけてくる。

「抵抗するお前が悪いんだぞ、ノエル。だが、安心しろ。俺の言うことを聞くなら、優しくしてやるからな」

これでノエルは逃げられないと思ったのか、ロイクは安堵した表情をしていた。

ノエルの赤くなった頬を優しく撫でる。

「俺はお前を愛しているんだ。だからノエル、俺を怒らせないでくれ。俺はお前を殴りたくないんだよ」

ドアがノックされた。

外から声がかけられる。

『ロイク様、フェルナン様から連絡がありました』

ロイクは舌打ちをするとノエルから離れ、そして部屋を出ていく。

ノエルはベッドで髪を乱し、両手を広げた状態だった。

自分の首につけられた首輪に手を触れると、涙が出てくる。

◇

俺が正面から殴りつけるだけの男と思われているのは心外だ。

「正直、裏でコソコソ動く方が性に合っているんだよね」

忍び込んだのはバリエル家の屋敷——ノエルが囚われている場所だ。

ルクシオンが用意したスーツは、まるで消えたように見える光学迷彩《こうがくめいさい》が使える。

警備をしている兵士の横をコソコソと通り抜ける。

足音がしない靴が何気に凄い。

一緒に周囲の景色に溶け込んでいるルクシオンが、俺に話しかけてきた。

『マスター、この屋敷を完全に把握しました。ノエルが囚われている部屋も確認済みです』

「よし、ナビを頼むぞ」

『――本当に連れ去るつもりですか？』

「望まない結婚をさせられそうになっているなら、助けてもいいだろ」

実際、ロイクは危険な気がする。

『助け出した後は？』

「一時的に王国に避難させる」

『シナリオ通りではありませんね』

「臨機応変《りんきおうへん》に対応していると言え」

見張りの兵士たちが廊下を歩いていた。

屋敷の使用人ばかりではなく、武装した兵士がいるため物々しい雰囲気に感じる。

『助け出したとしても、ノエルが守護者を選べるとは思えません』

「どうして？　ノエルだって女の子だ。恋だってするだろ」

『現時点で守護者はマスターです』

「俺は認めてない。それより、この紋章は消せるのか？」

確かに苗木は俺を守護者に選んだ。

だが、これでは順番が違う。

シナリオ通りじゃないのが不安だ。

『消せますが――守護者に選ばれる条件は、聖樹を守れる力を持っていることです。そこに恋愛感情が必要とは思えませんね』

「設定がふわっふわの〝あの乙女ゲー〟の二作目だぞ。その辺りの細かい事情なんて考えていないはずだ」

そもそも恋愛要素がメインで、その他の設定はオマケだ。

深く考える方が馬鹿を見る。

『決めつけは良くありません。それに、王国の女尊男卑にはちゃんと理由がありました』

「あ〜、酷い理由だったよな。知りたくなかったよ」

人が来たので立ち止まってやり過ごし、ルクシオンが示す通りに廊下を進む。

人がいないと思っているのか、油断している使用人や兵士たちの会話が聞こえてきた。

「巫女様はうちの若様と結婚するんだって？」

「そうなると、ロイク様が守護者に選ばれるわね」

「バリエル家はもっと栄えるな」

守護者に選ばれるとは思えないけどね。

何しろ、ノエルがロイクを嫌っている。

随分と大きな屋敷だったが、ノエルが捕らえられている部屋に来ると何人もの兵士が見張りを行っていた。

ルクシオンが言う。

『ドアの前には二人ですが、ノエルがいる部屋の両隣に六人が控えています』

「なら、全員眠らせる」

懐から取り出した拳銃には、サイレンサーが取り付けてある。

弾丸はファンタジー世界らしく、撃ち込めば相手が眠ってしまう魔法の弾丸だ。

「ドアの前にいる二人から片付ける」

『気を付けてください』

拳銃を構え、俺は見張りをしている兵士を撃った。

◇

ノエルがボンヤリと天井を見上げていると、ドアの前で人が倒れる音が聞こえてきた。

控えている兵士たちが慌てて部屋を出たのか、騒がしい声が聞こえてくる。

「おい、どうし——はうっ！」

倒れた兵士に駆け寄ったところで、その男も倒れたようだ。

ノエルが上半身を起こした。

嫌な汗が出てくる。

（もしかして、ラウルト家があたしを殺しに来た？）

あの日――燃える屋敷から逃げ出した日を今でも覚えている。

ラウルト家がレスピナス家を滅ぼした日だ。

きっと、自分が生きていると知って殺しに来たのだろう。

どうしようかと考えている内に、バタバタと人が倒れる音がした。

ドアがゆっくりと開くと、ノエルは武器になりそうなものを探した。

しかし、そのようなものはあえて置かれていない。

ドアから入ってきたのは目元しか見えない黒ずくめの男だった。

だが、ノエルにはすぐに分かる。

「リオン？」

体形もあるが、目元と――側には一つ目の球体であるルクシオンがいた。

少しだけ――ノエルは嬉しかった。

リオンがかぶっていた布製のマスクを脱ぐと、ノエルに手を差し伸べてくる。

「ノエル、迎えに来た。すぐに逃げるぞ。って、おい！　その首輪はどうした？」

「こ、これは――」

「まぁ、いいや。詳しい事情は後で聞くから、とにかくここから逃げよう」

その手を掴もうと手を伸ばしたノエルだが――すぐに手を引っ込めた。

リオンが不思議そうにしている。

「ノエル？」

ノエルはロイクの言葉を思い出す。

自分を手に入れるために、大勢を人質にしたロイクだ。

このまま自分が逃げれば何をするか分からない。

そして、リオンだ。

(リオンの側にいたら、迷惑がかかるから)

婚約者もいる男性だ。

自分が側にいて困らせることは出来ないし――頼りたくなかった。

早く忘れたかった。

ノエルはリオンの顔を見る。

声が震えてしまう。

「か、帰ってよ」

「え?」

驚くリオンに、ノエルは毅然《きぜん》とした態度を見せる。

「帰れって言っているのよ! あたしは共和国の巫女なのよ。あ、あんたが――関わっていい人間じゃない。興味本位で助けになんて来ないで。あたしは、自分の意志でここにいるの」

心にもない事を言ったのは、リオンを巻き込まないためだ。

(あたしが惨《みじ》めになるから、さっさと帰ってよ)

婚約者がいる相手に恋をして、おまけに助けてもらおうとしている。

頼ってばかりな自分が恥ずかしかった。

同時に、リオンをこれ以上は巻き込めなかった。

ノエルは俯く。

「――帰って」

ルクシオンは何も言わず、リオンは口を閉じるとそのまま入ってきたドアから去っていく。

ドアが閉まる前、ノエルは顔を上げて手を伸ばした。

本当は助けて欲しい。

助けてと叫びたかったが――すぐに口を手で押さえて床に座り込む。

ドアが閉まると、ノエルは泣くのだった。

(これで――これでいい。こうするのが正しいことだから。あたし一人が我慢すれば、どうにかなるはずだから)

第08話「帰ってきた五馬鹿」

バリエル家の屋敷は大騒ぎだった。

ノエルを見張っていた兵士たちが眠らされており、侵入者を許したことにベランジュもロイクも激怒したからだ。

酒を一気に飲み干すベランジュは、空になったグラスを乱暴にテーブルに置く。

「巫女がさらわれていたら、全ての計画が狂うところだった。いったい誰の仕業だ!?」

候補として挙がっているのは、ラウルト家だ。

この時点で王国が関わっているとは、ベランジュは考えてもいない。

ロイクも焦っている。

「ノエルが喋りません。少しきつめに叱ったのですが、誰の仕業かは知らない、の一点張りですよ」

「巫女をあまり乱暴に扱うなよ。それにしても、紋章持ちの騎士も配置していたのに、何の役にも立たなかったのは問題だな」

見張りをしている兵士たちの中には、紋章を持つ騎士もいた。

そんな騎士も抵抗する暇もなく眠らされていた。

ロイクは口の前で指を組み、そして考える。

（ラウルト家はないな。ここまで来て、ノエルを生かしておくとは思えない。父上は考えていないが、もしやリオンか？　だが、連れ去れなかった――首輪があったおかげか？）

ロイクは安堵した。

ベランジュに言う。

「俺が首輪をノエルにつけていたおかげで、敵は連れ出せなかったのでは？」

ベランジュが苦々しい顔をしていた。

首輪をノエルにつけたのは、ロイクの独断だった。

それを責めたいベランジュだが、侵入者を許した後ではロイクの行動が正しかったとも言える。

「巫女に首輪をつけるなど前代未聞だぞ」

「俺とノエルの絆ですよ」

「二度と外れぬ首輪だ。あんなものを結婚式で見せびらかすなよ」

「ドレスはその辺りも考えて、特注のものを用意させています。心配しないでください。あぁ、それから、苗木の件はどうなりましたか？」

ベランジュがロイクから視線をそらした。

「王国の外交官共が言うには、苗木は伯爵個人の所有物扱いだそうだ。魔石の取引で優遇すると餌を用意したが、伯爵が怖いのか王国が引き渡すことは出来ない、の一点張りだ。欲しいなら伯爵個人と交渉して欲しい、とな」

「苗木さえ手に入ればいいのです。王国の重要人物に接触して、苗木を返還させるように仕向けましよう。金ならいくらでも用意できる」

リオンと真正面から戦う必要などない。

共和国はエネルギー資源を持っているお金持ちの国だ。

豊富な資金を利用して、王国の技術を金で買えばいいと考えていた。

それが無理でも、苗木の確保は共和国の重要課題だ。

バリエル家以外も動いている。

いずれ、餌に飛び付く王国の貴族たちが出てくるだろう。

(英雄一人を殺すために、戦う必要などない。古来、英雄は非業《ひごう》の死を遂げるものだ。リオン、君はどんな死に方をするのかな？)

◇

マリエの屋敷では、戻ってきたリオンがソファーに横になっていた。

コーデリアが、掃除の邪魔だと言いたげな視線を向けている。

しかし、リオンは無視している。

というか、リオンの「面倒くさいスイッチ」が入っていた。

それを感じ取った前世の妹であるマリエは、額に手を当てるのだった。

(こいつ面倒くせぇ)

リオンは落ち込んでいた。

助けにいったら、逆に追い返されたことにショックを受けている。

大胆不敵な行動をする癖に、妙なところで繊細《せんさい》だった。

そもそも、マリエがリオンに色々と言わないのはこれが理由だ。

ノエルが恋心を抱いた相手がリオンだと言えば、きっとこのスイッチが入ると思っていたのだ。

今はノエルに断られ、それで面倒くさくなっている。

コーデリアが冷たい視線を向けている。

「リオン様、退いてください。邪魔です。それに、ソファーは横になるところではございません」

リオンは手をひらひらさせていた。

「あ〜、いいの、いいの。今日は休日だから。コーデリアさんも休んでいいよ」

「お気遣いは嬉しいのですが、私は既に先日休暇をいただきました。今日は仕事日ですので、早く退いてください」

主人に対して失礼な態度だが、リオンは気にした様子がない。

ノソノソと起き上がり、欠伸《あくび》をするとルクシオンを呼ぶ。

「ルクシオン、飯は？」

『夕食まであと二時間となっております』

「何か食べに行こうぜ。焼き鳥が食べたい」

『我慢してください』

休日にゴロゴロしているお父さんみたいなリオンは、やる気がなさそうにしている。

マリエは勇気を出して声をかけるのだ。

面倒くさいと分かっていても、だ。

「ねぇ、リオン――ノエルのことはいいの？」

リオンはマリエの顔を見もしない。

「ノエルはバリエル家に残るとさ。俺の出る幕ではないな」

「で、でも」

「本人が決めたことだろ？　俺たちがこれ以上は関われないだろ」

マリエは思う。

(こいつ、本当に拗ねたら面倒くさいわね)

昔からだ。

色々と理由を付けて周囲をやきもきさせてくる。

リオンが欠伸をすると、ユメリアが苗木の入ったケースを持ってやって来た。

「リオン様、あのぉ――お客様です」

ユメリアの後ろにいたのは、高級感のある服装を身につけたレリアだった。

◇

レリアの要求は一つだ。

「聖樹の苗木を渡せですって？　あんた、今がどんな状況なのか分かっているの!?」

レリアは少し俯いている。

「分かっているわよ。けど、必要なの。ロイクは改心したし、姉貴がロイクを選べば本来のルートに戻れるわ。苗木が揃えば、早い内に問題も解決できる。だからお願い。苗木を譲ってよ」

興味のなさそうなリオンを放置して、マリエがレリアに尋ねる。

「問題の解決って何よ？」

レリアの顔付きは真剣そのものだ。

「ラウルト家を追い落とせるわ」

それを聞いたリオンがピクリと反応を示すが、それだけだった。

(兄貴！　しっかりして、いつもの兄貴に戻って！)

ルクシオンがマリエに言う。

『こうなったらしばらくはグチグチ文句を言って動きません。以前にもありましたね。そう、あれは——オリヴィアと喧嘩をした時です』

以前にも似たようなことがあったようだ。

「転生しても人って成長しないのね」

マリエがそう言うと、リオンがムッとする。

「鏡を見ろよ。成長しなかった誰かさんが見えるぞ」

「私のこと!?　兄貴よりマシよ！」

「成長した人間は、逆ハーレムなんて目指さねーよ！」

もっともな意見だ。

マリエも言い返せないのでたじろいでしまう。

二人の茶番を呆れた様子で眺めていたレリアが、話を戻す。

「このまま苗木が揃えば、ラウルト家の悪行を白日《はくじつ》の下《もと》にさらせるわ。バリエル家が中心になって、力を貸してくれるの」

ラウルト家がこの段階で失脚して力を失えば、ラスボスが出現しない。

確かにありがたい話だ。

出現したとしても、ノエルとロイクがいるので勝てる見込みもある。

（だけど、それって二人が結ばれるってことよね？）

「本当にロイクは改心したの？」

「前にパーティーで話をしたわ。ルイーゼとユーグの婚約発表の場だったけど、もう落ち着いて以前のロイクだったの。反省もしていたわ」

それなら可能性はあるのか？

ただ、マリエはそれでも難しいと思った。

それに、だ――その後、ロイクがノエルを連れ去った手段は、とても反省しているとは言い難い。

レリアが改心したと思い込んでいるだけのような気がした。

（なんか嫌な感じがするわ）

前世の経験から、ロイクが怪しくて仕方がない。

まるで、ＤＶ男が周囲には良い人を演じているような気がした。

リオンは溜息を吐く。

「どうかな？　ノエルは監禁されていたし、首輪をつけられていたけどね」

首輪と聞いてマリエがレリアを見た。

「どういうこと!?」

レリアは知らないようだ。

「し、知らないわよ！　た、たぶん、姉貴が逃げようとしたとか？　姉貴なら暴れてもおかしくないし」

マリエは段々と自分の勘が当たっているような気がしてきた。

レリアは言う。

「とにかく！　ラウルト家を早く倒しましょう。そうすれば、ハッピーエンドよ。あんたたちも、そのためにこの国に来たのよね？」

確かに自分たちにはありがたい話だ。

だが――。

（それ、ノエルがハッピーになれるのかしら？）

――マリエは素直に喜べなかった。

「兄貴に守護者の紋章があるんだけど？　これ、ロイクが本当に選ばれるの？」

マリエは今ある問題を尋ねると、レリアも困惑する。

「そ、それは――そっちで消してもらえない？」

レリアの視線の先にいたのはルクシオンだ。

『――マスターの命令があれば、消す手段は見つけましょう。ただし、マスターが命令するなら、です』

お前の命令は聞けないと言われ、レリアがリオンを見た。

リオンは欠伸をしている。

レリアがマリエに小声で話しかけてきた。

「ちょっと、何かやる気がないんだけど？」

「兄貴は拗ねると面倒なのよ。面倒くささが普段の三倍になるの。ほら、ノエルが捕まったから助けにいったんだけど、拒否されて落ち込んでいるのよ」

「ちょっと！　私はそんな話は聞いてないわよ。余計なことをしないでよ！」

「あんたも私たちに黙っていたじゃない！　知っていれば、もっと違ったわよ。それより、首輪の件はどうするの？　本当に改心したって言えるの？」

「そ、それは――分からない。様子を見にいくわ」

二人が黙っているリオンを見るが、何を考えているのか分からない――いや、何も考えていないような顔をしていた。

二人は肩を落とす。

（こいつ役に立たねぇ）

◇

プレヴァン家の高級車に乗り込み去って行くレリアを、窓から眺めていた。

苗木を返してと頼み込んできた理由が、結婚式で巫女と苗木が揃っていると都合がいいから、とは思わなかった。

共和国にとっては大事なことなのだろう。

それよりも、だ。

「これ、俺たちが来なくても良かったよな？　関わって失敗したわ」

尋ねた相手はルクシオンだ。

『マスターは、あれがノエルの本心だと思っているのですか？』

「俺に女心を理解できると思うのか？　――まぁ、仲良くやっていたし、拒否されたのはちょっとショックだけどな」

俺はノエルを助けたかった。

だが、ノエルは覚悟が決まっていたのだ。

俺などいらなかったのではないか？

そう思えてくる。

『本当に面倒くさい』

「何か言ったか？」

『――別に』

ルクシオンが俺から一つ目をそらすと、マリエが俺の部屋に入ってきた。

「兄貴」

◇

ユメリアが苗木の入ったケースに話しかけていた。

「うんうん、日当たりのいい場所がいいよね。よし、それなら窓側に置くね」

まるで苗木と会話をしているようだった。

その様子を見ていたのは、恥ずかしそうにしているカイルだ。

「母さん、植物に話しかけるのは、もう止めてよ」

「カイル？　でも、あのね。この子が日当たりのいい場所に移りたい、って」

カイルは呆れていた。

「植物は喋らないよ。それよりも、掃除は終わったの？」

「ま、まだ」

落ち込むユメリアに、カイルは説教をする。

親子の立場が逆転していた。

「母さん、僕たちは雇われている身だ。確かに伯爵は優しいよ。少し手を抜いたって気が付かないだろうし、気前もいいからお給料も多い。でもね、それに甘えるのは駄目な奴だ。もらった分はしっかり働かないと駄目なんだ」

「う、うん。でも――」

ユメリアは苗木を大事そうに抱えていた。

「でも、じゃない！　いいから、早く掃除をしてよ。この後は夕食の準備もあるんだから」

カイルが去って行くと、ユメリアは落ち込んでしまう。

苗木を見て苦笑いをしていた。

「怒られちゃった。私――嫌われているのかな？」

歩き出したユメリアが、掃除場所に向かうと言い争う声が聞こえてきた。

リオンとマリエの声が聞こえてくる。

マリエがリオンに怒鳴っている。

『いい加減にしてよ！　前からずっと思っていたけど、その面倒くさい性格どうにかしてよね！』

リオンも怒っていた。声を荒らげている。

『面倒くさいって何だ！　お前の方が酷い性格だろうが！　昔からいつもいつも――』

『言ったな、この糞〝兄貴〟！』

マリエが兄貴と叫ぶのを聞いて、ユメリアは目を丸くする。

危うく、苗木を落とすところだった。

口をパクパクさせていた。

（え？　え!?　え!!　マリエ様が兄貴って――リオン様を兄貴って呼んだ？　え、だって、二人は赤の他人で――えぇぇぇぇぇぇぇぇ!!）

ユメリアはどうしてマリエの兄貴がリオンなのか分からず、オロオロとしていた。

（ど、どどど、どうしよう。これってもしかして――バルカス様が浮気をして出来たのがマリエ様って事なの!?）

二人が兄妹であるならば、可能性としては両親の浮気に原因があると思った。

ユメリアには、他の可能性は思い付かなかった。

（お、奥様に。奥様に知らせなきゃ！）

こうして、勘違いが一つ生まれるのだった。

◇

俺の部屋に乗り込んできたマリエが、先程から五月蠅かった。

俺の性格が面倒くさいとか、どの口が言うのか？

前世の頃から面倒くさいのは、マリエの方だった。

「お前だって面倒くさい女だろうが！」

「兄貴よりマシだって言ってるでしょ！　大体、ノエルに断られたから拗ねるって何よ？　あの子が本気で兄貴を拒否したと思っているの？　何で無理矢理連れ帰らなかったのよ！」

「仕方ないだろ！　――ノエルが決めたことなんだよ」

部外者の俺が立ち入っていい領域ではない。

ノエルが自分で決めたのなら、俺にはどうすることも出来ないのだ。

「馬鹿兄貴！」

「さっきから何なんだよ！」

「馬鹿だから言ったのよ。それに鈍感！」

「はぁ!?　俺のどこが鈍感だよ！」

俺が馬鹿とか鈍感とか、こいつはいったい何なんだ？

どうして俺がここまで責められる？

ルクシオンを見ても、俺をフォローする素振りすら見せない。

いったい俺が何をした!?

理解できない俺にしびれを切らしたマリエが、俯きながら言うのだ。

「ノエルが好きになったのは兄貴よ」

「え？」

どうしてノエルが？　え、俺？　疑問が次々に浮かんでくるが、マリエは俺を無視して話を続ける。

「あの子、兄貴が好きだったのよ。一緒にいると凄く楽しそうにしてた。それなのに、兄貴はまったく気付かなかったじゃない」

「そ、それは――知ってたら言えよ」

か細い声で言うと、マリエが声を張り上げる。

「言えるわけがないでしょ！　兄貴には婚約者が二人もいるから諦めて、って言えるの？　ノエル、無茶苦茶楽しそうで――それなのに、あの二人が家に来たら兄貴はデレデレしてさ」

俺が右手で顔を押さえると、ルクシオンが近付いてきた。

『気付いていないご様子だったので、教えませんでした。理由は、知ればマスターがまた無理をすると判断したからです』

「――ノエルの奴は、変に気を使ってバリエル家に残ったのか？」

『クレアーレからはそのように聞いています』

何てことだ。

さっさと連れ戻せば良かった。

『現在、侵入者を警戒してノエルの警護は厳重になっています。奪い返すことは可能ですが、敵側の被害が大きくなりますね』

俺が落ち込んでいると、マリエが俺に頼んでくる。

「兄貴――私はノエルに幸せになって欲しいのよ。あの子、いい子なのよ」

「知ってるよ」

主人公とは、どうしてこんなにいい子ばかりなのだろうか？

もう少し人間くさくて憎めるような子なら、ここまで悩まずにいられたのに。

ルクシオンが補足してくる。

『ロイクが、侵入したのがこちら側ではないかと怪しんでいます。屋敷の周辺に見張りが置かれています。港でもアインホルンを警戒していますよ』

「――ミスったな。強引に連れて帰れば良かった」

『それも問題ですが、巫女が発見されたと大々的に宣伝しています。連れ去られた場合、共和国はどんな手を使っても取り戻そうとするはずです。まぁ、簡単に言えばマスターが嫌いな国際問題になりますね』

ロイクは俺を怪しんでいる。

あいつも無駄に有能だな。

それよりも、国際問題になるなら俺の手に余る。

「この前暴れたばかりだ。今度何かすれば、王国から怒られるかな？」

『共和国程度、すぐに滅ぼせますが？』

「お前はそうやってすぐに問題が起こると滅ぼそうとするよな」

ルクシオンの解決手段は過激すぎる。

ただ、ノエルを助けた場合、共和国は真っ先に王国を疑うだろう。

最悪だ。

俺に政治センスはない。

王国に匿《かくま》おうにも、共和国に引き渡しを求められたらどうなる？

どこか別の国に逃がすか？　いや、そもそも、ノエルがこの話を受け入れるのか？

そして俺は、どんな顔をしてノエルに会えばいい？

「前より複雑になった」

頭を抱えると、ルクシオンが俺に言う。

『それはそうと——彼らが屋敷に戻ってきたみたいですよ。一人足りませんけど』

「え？」

顔を上げると、マリエが窓の外を見ていた。

そして叫ぶ。

「何アレ!?　ねぇ、何アレ!!　ちょっと待って、どういうことよぉぉぉ!!」

俺も恐る恐る外を覗いてみると、そこには予想外の光景が広がっていた。

◇

玄関のドアを開けると、そこにいたのは——。

「お待たせしました、マリエさん」

高級スーツに身を包んだジルクが、人を雇っていくつもの木箱を運ばせていた。

ジルク自身は何故かひびの入った壺を抱きしめている。

「マリエ、僕たちはようやく気付いたよ。マリエの言いたかったことを、ね」

白いスーツにシルクハットとマント——モノクルの眼鏡をかけたブラッドが杖を持って歩いてくる。

杖をマリエに向けると、杖の先端から安っぽい作りの造花が出てくる。

二人の格好は酷いが、ここから更にドンドン酷くなる。

次はブーメランパンツを穿いたグレッグだ。

後ろには鍛えられた肉体を持つ男たちが、グレッグに付き従って同じポーズを決めていた。

「マリエ、俺は男を磨いてきたぜ。そして理解した。お前が言いたかったことを！　見てくれ、これが俺の気持ち——フロントダブルバイセッポォォォ!!」

グレッグは以前よりも筋肉が少し増えただろうか？　油を塗っているのかテカテカしている。

——そして、その隣はもっと酷い。

もはや、理解不能だ。

ねじり鉢巻きにふんどしにさらし——そしてはっぴを着用したクリスが、男たちに担がれた神輿《みこし》の上に立っていた。

「私も男を磨いてきた。マリエ、君の言いたいことを理解したよ。私たちが間違っていた！」

わっしょい、わっしょい、と男たちが担いだ神輿——この世界に神輿ってあったんだ、という感想が最初に浮かんできた。

クリス、というか、四人のことはあまり考えたくない。

そもそも、マリエの気持ちを理解した的なことを言っているが――絶対に間違っていると思う。

だって、マリエは無表情だもん。

というか、血の気の引いた顔をしている。

玄関でマリエは立ち尽くし、そんなマリエをカイルとカーラが心配していた。

コーデリアさんも無表情だ。

ユメリアさんは――目を輝かせて見ていた。「お祭りでも始まるんですか？」と、無邪気に喜んでいる。

四人がマリエの前にやって来る。

マリエが動かない――いや、動けないので俺が代わりに聞いてやった。

「お前ら何してたの？」

壺を抱きしめているジルクが、これまでのことを話す。

「屋敷を追い出されてからは、古美術商として稼いでいました。私は気付いたんです。マリエさんへのプレゼントは何が良いのか、って」

マリエを見れば、首を横に振っていた。

プレゼントが欲しいから追い出したのではないようだ。

こいつら、この時点でマリエの気持ちを一ミリも理解出来ていない。

ブラッドも同様だ。

「自分の力で稼ぐ。そのお金でプレゼントをするから意味がある。そうだろ、マリエ？」

まぁ、生活費に手を出すよりはマシだな。

だから聞いてみた。

「ところでお前ら、いったい幾ら稼いだの？」

グレッグがポーズを決めながら、筋肉をピクピクと動かしていた。

元から筋肉はあった方だが、何だか一ヶ月で更に増えた気がする。

「知らん！　マリエに愛を示すために、稼いだ金額は全て使った！　見てくれマリエ、俺のサイドチェストォォォ！」

筋肉が目立つようなポーズを繰り返すグレッグと、その後ろにいる男たち。

マリエの表情はピクリとも動かない。

クリスは神輿から降りると、眼鏡を外していた。

格好をつけているようだが、お祭りでも始めるような格好では何かが違う。

「私は神輿と人手を揃えて稼いだ金額を全て使い切った。だが、後悔はない。これが私のマリエへの気持ちだ」

外に追い出したら、どういうわけか稼いでは来たらしい。

その手段が気になるところだが、それよりも――こいつら少しも理解していない。

マリエが欲しいのはプレゼントではなく、お金の方だ。

こいつら、自分たちの中で勝手に解釈したのだろう。

せっかく稼いでも、全額使っては意味がない。

ブラッドはシルクハットを脱ぐと、そこから兎が顔を出した。それを見て「ば、馬鹿、まだ早い」と押し込めていた。

「マリエ、僕は前回よりも多くの花束を用意したよ。すぐに届くはずさ」

ジルクは業者が運んできた木箱に目を向けた。

「私は集められる限りの美術品を集めました。どれも素晴らしい品々です」

ひびの入った壺を抱きしめている時点で、説得力がない。

こいつ、本当に古美術商として稼いでいたのだろうか？　偽物にしか見えない。

俺がマリエに視線を送ると。

「言ってない。私はプレゼントを買えなんて言ってない」

と、小声でブツブツと呟いている。

四人が目を輝かせながら、マリエに手を差し伸べた。

「マリエさん！　さぁ、私の手を！」

「いや、僕の手を握ってくれ！」

「マリエ、見てくれ――お前のための筋肉！　モストマスキュラァァァ!!」

「私は今日からマリエに風呂で苦労はさせない。さぁ、私の手を取ってくれ！」

仮装した四人がマリエの前に膝をつき、手を出してくる。

マリエは動かなかった。

どこか遠い場所を見ている。

まさか、追い出した結果、四人がこんなことになるとは思ってもいなかったという顔をしていた。

こいつら、常に斜め下に予想を突き抜けてくれる。

カーラが不安そうにしていた。

「こ、これ、ユリウスさんがどうなっているか怖いんですけど」

カイルは諦めていた。

「四人以上に酷くても、僕は驚きませんけどね」

そうだ、ユリウスだ。

まだユリウスが戻ってきていない。

あいつのことだから、この四人を超えていてもおかしくない。

この四人以上となると、もはや俺では想像が付かない。

ユリウスが戻ってくるのが怖くなっていると、一人の男がやって来た。

随分と薄汚れた格好に、前掛けのようなエプロンをしている。

白いシャツは汚れ、そして走ってきたのか呼吸が乱れていた。

その手には茶封筒を握りしめている。

マリエが気付く。

「ユリウス！」

え!?

こいつら以上の馬鹿騒ぎをしてやってくると思っていたので、こんな地味な奴がユリウスとは思わなかった。

ユリウスは笑顔だった。

「マリエ、ただいま」

第09話

「元王太子」

「ただいま」

ユリウスは約一ヶ月ぶりに屋敷へと戻ってくると、久しぶりにマリエを見て心から安堵した。

同時に、随分と豪華なプレゼントを用意した四人を見る。

(俺は――何て情けないんだ)

四人がマリエのために用意したプレゼントを見て、自分がいかに駄目だったのか知った。

自分は多く稼げなかった。

マリエが近付いてくる。

「ユリウス、その格好はどうしたの？」

マリエが自分を心配してくれている。

それだけで嬉しかった。

「――屋台で働かせてもらったんだ」

「屋台？」

マリエの他にはカイルやカーラもいる。

どういうわけか、ユメリアと――アンジェの所にいたコーデリアの姿もあった。

だが、ユリウスは気にせずマリエに話をする。

「本当は朝一番に来る予定だったんだが、朝は仕入れがあるから大将の手伝いをしていたんだ」

大将に拾われてから、ユリウスは真面目に働いた。

だが、屋台のアルバイトだ。

大金は稼げない。

「串焼きの屋台だよ」

「ユリウスが屋台でアルバイト？」

マリエは驚いていた。

(これは失望させてしまったかな？)

だが、これが今の自分である。

そして、屋台で働いた経験は無駄ではないと、ユリウスは思っていた。

本当に楽しかった。

そして、辛かった。

頑張って働いて得られたお金は少なく、世間というものを学んだ。

酔った客たちの愚痴を聞き、大将から世間知らずを叱られ――ユリウスは、いかに自分が間違っていたのかを知った。

「本当はプレゼントを買おうと思ったんだが、一番いいのはこれじゃないかと思ったんだ」

差し出したのは、ユリウスが稼いだ一ヶ月分の給料だ。

マリエが受け取る。

多いとは言えない金額だ。

「マリエ、これが俺の精一杯だ。そして分かった。俺は――馬鹿だったよ。金は稼ぐものと知ってはいたが、理解していなかった。きっとどこからかわいてくるような感覚だったんだろうな。稼いでみて、初めて理解できた」

「ユリウス」

マリエが茶封筒を抱きしめる。

「俺からのプレゼントではないが、精一杯の金額だ。受け取って欲しい」

ただ、そんなユリウスに落胆する四人がいた。

「殿下――貴方はもっと出来る人だと思っていました。残念です」

ユリウスを高く評価していたジルクは、本当に残念そうにしている。

「僕は密かに殿下を一番危険視していたんだけどね。期待外れだ」

ライバルがこんな程度だったのか？　とブラッドは少し悔しそうにしていた。

「ユリウスのそんな姿は見たくなかったぜ」

悲しさをポーズで表現するグレッグは、五人で本気の勝負がしたかったのだろう。ユリウス一人が脱落した形に見えるのが、嫌なようだ。

「これでは四人の勝負じゃないか」

クリスも悔しがっている。

ユリウスでは勝負にならないと思っているようだ。

それは、ユリウスも理解している。

「言い返す言葉もない。この勝負は俺の負けだろう。だが、俺は俺で全力を尽くした。その結果なら受け入れるしかない」

悔しいが、これが今の自分だとユリウスは納得する。

マリエの一番になれないのは悔しい。

しかし、己の不甲斐なさを理解できたユリウスは、マリエが自分以外を選んでも仕方がないと思っていた。

リオンたちは唖然としてこちらを見ている。

マリエはゆっくりとユリウスに近付くと、その右手首を握って掲げさせた。

「ユリウス、貴方が一番よ！」

「——え？」

もっとも稼がなかったユリウスが一番と言われ、ジルクたちも唖然とする。

「ま、待ってください、マリエさん！　一番稼いだ人を選ぶのでは？」

マリエは茶封筒で自分を扇ぎながら、理解していない四人に言うのだ。

「あら？　いつ私が一番稼いだ人を選ぶと言ったかしら？　それはそうと、稼いでこいと言ったのに余計な買い物で散財して無一文になるってどういう思考をしているのよ！　あんたら四人は稼いだ金額はゼロ！　だから、評価もゼロよ」

ブラッドが肩を落とした。

ポケットから鳩が顔を出している。

「そんなぁぁぁ!!」

グレッグが膝をつく。

「俺たちは間違っていたのか」

後ろでは男たちがグレッグを慰める。「グレッグさん、しっかり!」「あんたの筋肉は最高だ!」「そのポーズ、キレてるよ!」と。

クリスはユリウスに謝罪する。

「マリエの心を掴んだのは、殿下でしたね。私たちの完敗です」

四人はユリウスを見て、負けたが清々しい顔をしていた。

ユリウスは四人を見る。

「お、お前たち——ありがとう」

泣き出すユリウスを四人が慰め、その横でマリエが茶封筒を持って「お給料! お給料!」と小躍りしていた。

最後にリオンが言う。

「何だこれ?」

◇

五馬鹿が帰ってきた。

それはいいが、タイミングとしては微妙だ。

ノエルがさらわれる時には不在で、これから取り戻す段階では役に立たない。

こいつらの存在意義って何だろう？　と、本気で考えてしまう。

だが、事情を話さないわけにもいかない。

何しろ、稼いでこいと追い出したら、古美術商、マジシャン、ボディビルダー、お祭り男になって戻ってくるような馬鹿共だ。

串焼き屋のユリウスが、一番まともに見えてくる。

エプロンをしたユリウスが、椅子に座って腕を組んでいた。

これまでの経緯を説明したのだが――。

「大体の流れは理解した。つまり、バルトファルトはノエルを救いたいのだろう？」

「そうだね」

こいつらに的確な答えなど期待していないが、一応は意見を聞いておこう。

馬鹿なことを言い出し、実行しようとしたら止めなければならない。

そう思っていた。

「ならば、救えばいい」

「は？　お前、話を聞いていたの？　ノエルは巫女だから、共和国が必死に取り戻しに来るんだが？

王国に連れ帰って匿っても、あいつら俺たちを疑うぞ」

やっぱりこいつら駄目だ。

そう思っていたら、ジルクが首をかしげていた。

「それがどうして駄目なのですか？」

「い、いや、だから、国際問題になるし」

トランプをシャッフルしているブラッドは、俺が悩んでいる問題を聞いて笑っていた。

「なるだろうね。でも、それって重要かな？」

「お前らみたいな問題児には分からないだろうが、大問題だな」

服を着ないグレッグが、ブーメランパンツ一丁のまま俺に指摘してくる。

お前はまず服を着ろ。

「その聖樹の苗木だが、将来的に聖樹と同じ事が出来るんだろ？　なら、多少の問題を抱えてでも抱き込む理由にならないか？　エネルギー問題が将来的に解決するなら、王宮だって庇うだろ」

——あれ？　このパンツマン、意外と有能なのだろうか？

カイルに服を差し出されているクリスは「これが俺の正装だ」と言って固辞し、未だにふんどしではっぴスタイルだ。

「私は政治に関しては他の四人より優れているとは言えないが、今の話を聞いて何を悩む必要があるのか分からないな」

俺を見て不思議そうにしていた。

「だ、だから」

五人に否定されると、俺も戸惑ってしまう。

ユリウスが堂々と言うのだ。

「バルトファルトが懸念《けねん》する共和国との問題だが、それよりもメリットが勝ると思うぞ。その聖樹の苗木と巫女がセットの方が、王国にとっても都合がいいわけだろ？　だったら、大義名分さえあれば堂々と奪えばいい」

「お前ら過激だな」

「バルトファルトほどではないと思うが？　そもそも、だ。知っていたのなら、どうしてノエルをすぐに避難させなかったんだ？　王国はレスピナス家と親交があったはずだ。苗木の件がなくとも、引き取って匿ったただろうな」

あの乙女ゲーの事情があるんだよ！　――言えないけど。

「いや、でも、この状況でさらうのはちょっと――国際問題って怖いし」

「いい加減にしろよ！」

俺が迷っていると、茶封筒を握りしめたマリエに尻を蹴られた。

「痛っ！　何すんだ、このアマ！」

「見ていて苛々するのよ。助けたいなら助ければいいでしょ！　いつもイジイジ悩んで、取り返しの付かないタイミングまで放置するから面倒なのよ」

俺はイジイジしていない！

「責任とか色々とあるんだよ！」

「どうせ助けるんでしょ？　後で吹っ切れて暴れるくらいなら、最初から助ければいいのよ。あ〜、もう苛々する！」

マリエと言い争っていると、ユメリアさんがオロオロとしていた。

そして、コーデリアさんは俺に冷たい視線を向けてくる。

すると、五馬鹿が円陣を組んでコソコソと話をしていた。

「どう思う？」

「最低かと」

「何て言うか——酷い」

「俺も同意見だ」

「バルトファルトは、本当に気付いていないのか？」

ユリウスたちがコソコソと話しているので、俺はそちらを指さした。

「そこ！　言いたいことがあるならハッキリ言えよ！」

すると、五人が顔を見合わせて、代表してユリウスが俺の前に出てきた。

「ならば言わせてもらうが、バルトファルト——お前はノエルの気持ちに気付いていなかったのか？

本当に？」

俺は先程までの勢いを失う。

「う、うん」

言われるまで気付かなかったのは事実だ。言い返せない。

「そうか。まぁ、それはいいだろう。お前が気付いていれば、事前に回避できた問題かもしれないが、それはいい」

こいつねちっこいな。

俺が気付いていれば、ここまで問題が大きくならなかったのに、なんて言いやがる。

「ところでバルトファルト、俺たちが最初に決闘した時を覚えているか？」

「当たり前だ。あの時はスカッとした」

正直に言うと、五人がイラッとした表情を見せてくれる。

俺は正直者だから、聞かれたら素直に答えるのだ。

「そうか。その時の言葉を覚えているか？　確か美人な婚約者がいるのに、遊びを許されて云々だったか？　俺が浮気をしていたことを責めていたな」

そういう事も言ったな。

「それがどうした？」

「今のお前にピッタリと当てはまると思っただけだ」

「俺はお前たちみたいに、浮気はしてない」

「周りから見れば同じだがな。――だが、アンジェリカなら許すと思うぞ」

「は？」

「お前がノエルを側に置きたいと言えば、アンジェリカは許すと言ったんだ。アンジェリカも貴族の娘だ。それも、教育をしっかり受けた王妃候補だぞ。国益を考えれば、ノエルの確保には賛成する」

「出来るか！　お前ら、俺に浮気しろとでも言うのか！」

俺の言葉を鼻で笑うのはジルクだ。

「――婚約者が二人いる時点で言われても、説得力の欠片もないです」

どうしよう――言い返せない。

ユリウスが話をまとめる。

「まぁ、個人的な話はともかくとして、ノエルを助けることに王国は反対しないということだ。それに、お前は母上から共和国で自由に動ける立場を与えられたのだろう？」

まぁ、一時帰国した際に現地の対処を任されたからね。

「それっぽい役職は与えられた気がするな」

「よし、ならば問題ない。ノエルを救え」

「――え？」

先程まで会話に加われなかったクリスが、俺に助言をしてきた。

「安心しろ。共和国はここ数十年の間ずっと引きこもっている。聖樹の話が本当ならば、あいつらは他国に侵攻できない。そもそも、軍備が全て防衛用みたいなものだからな」

聖樹からエネルギーを得て動く共和国の兵器は、防衛用としてみれば強敵だ。

だが、共和国を出ると王国の兵器よりも劣る。

「口では文句を言うだろうが、手出しは出来ないぞ」

俺は少し考えて――問題点を挙げた。

「共和国が外交的に圧力をかける可能性があるだろ？」

それに答えるのはブラッドだ。

「あるね。だけど、君は一つ忘れている」

「何を？」

「君たちの話が本当なら、これは共和国内の権力闘争だよ。バリエル家が権力を取るために動いただけさ。そうなると、困る家があるよね？」

「ラウルト家か？」

「正解。僕たちはバリエル家に対抗するため、ラウルト家と手を組めばいい」

それを聞いてマリエがビクリと肩を震わせた。

「あ、あの～、でもね。ラウルト家の評判って悪くない？　そんなところと勝手に手を結んでもいいことないかな～って」

まぁ、あの乙女ゲー二作目のラスボスだ。

言ってしまえばゲーム的に敵だ。

マリエの意見に反論するのはグレッグだった。

「分かってないな、マリエ。――それは共和国から見れば、だろ？　王国から見れば、ラウルト家が共和国を仕切る方が都合はいいじゃねーか。ノエルを連れて行く、って言えば喜んで送り出してくれそうだしな！」

確かに――ノエルの存在を疎《うと》ましく思うだろうラウルト家からすれば、王国に連れて行かれても痛手ではない。

むしろ、バリエル家の台頭を防げる。

ジルクが微笑みながら、悪いことを考えていた。

「議長代理であるラウルト家と繋がりが出来るのは、王国としてもありがたいですね」

ユリウスが腰に手を当て、俺を見てくる。

「さて、バルトファルト――問題は全てクリアされたな」

「クリアされてねーよ。ラウルト家の協力を得られないだろうが」

「そこはお前が――」

こいつら、思っていたよりも有能だった。

そういえば、ちゃんと教育を受けた貴公子たちだ。

普段馬鹿すぎて忘れていたが、成績優秀な優等生たちである。

――お前ら、普段から本気出せや！

ユリウスたちに相談していると、コーデリアさんがいつの間にか部屋から消えていた。

そして、再び現れる。

「リオン様、お客様です。ラウルト家のルイーゼ様の使いを名乗っております」

「ルイーゼさんが？」

ユリウスは俺を見た。

「これはチャンスだぞ、バルトファルト！　何としても助力を得ろ」

「お前らふざけてるの？」

「いや、本気だが？」

簡単に言うなよ！

◇

六大貴族のパーティー会場に、マリエと一緒に乗り込んだ。

俺はスーツ姿で、マリエはドレス姿だ。

本来なら俺は呼ばれなかったが、招待状をルイーゼさんが用意してくれた。

俺との話し合いの場所に指定したのが、このパーティー会場だったのだ。

本人はドルイユ家の屋敷から簡単に抜け出せないようで、オマケに常に見張りがつけられていると聞いた。

ドルイユ家の動きが怪しいため、面会できるパーティー会場に俺たちを呼び出したのだ。

マリエは豪華な料理に目を奪われている。

「あ〜、あの丸焼きおいしそう。一人で食べてみたい」

そんなことを言うマリエに呆れてしまう。

「後で食わせてやるから少し待て。今はルイーゼさんと会うのが先だ」

パーティー会場に入り込むと、俺のことを知っている共和国の貴族たちが驚いていた。

ヒソヒソと話をしている。

「あの男が王国の？」

「二つ名は外道騎士だそうよ。王国の商人が言っていたわ」

「まぁ、怖い」

ドレス姿のご婦人たちの噂話に傷つきつつ、俺はルイーゼさんを捜す。

マリエが俺の袖を引っ張ると、小声で話しかけてきた。

「兄貴、ロイクよ」

パーティー会場を仕切っているのはバリエル家だ。

受付で俺のことを知ったのか、バリエル家の当主様と一緒にやって来る。

名前は――ベランジュだったな。

「これはこれは、ようこそお越しくださいました王国の英雄殿」

周囲にアピールするように両手を広げる男は、大柄で威圧感がある。

その隣にいるロイクは、不敵な笑みを浮かべていた。

「招待した記憶はありませんが、今日は楽しんでいってください。何しろ、共和国にとって重大発表がありますからね」

手を差し出してくるので握手をしてやったら、向こうが強く握ってきた。

俺も握り返す。

「知っているよ。結婚するんだって？　おめでとう」

ロイクの表情は変わらない。

「英雄殿は耳が早いですね。まぁ、お世辞でしょうが受け取っておきますよ」

お互いに手を離す。

ベランジュが俺に話しかけてきた。

「ところで英雄殿には一つ頼みがあります。聖樹の苗木ですが、あれは共和国にとってとても大事なもの。いえ、神聖なものです。こちらに譲っていただけないだろうか？　もちろん、相応のお礼をするつもりですよ」

下手に出てくるベランジュに、俺は笑顔を向ける。

周囲も苗木ちゃんの話になると、聞き耳を立てていた。

おかげで周囲が一気に静かになったよ。

共和国ではかなり重要な話題であるのがよく分かる。

「気に入っているので嫌です。欲しいなら、力尽くで奪えばいい。――出来るものなら、ね」

ベランジュが笑っていた。

「手厳しいですな！　ですが、簡単には諦められません。今後も交渉を続けさせていただきましょう」

周囲が俺たちに敵意を向けてくる。

「野蛮な王国の騎士が」

「フェーヴェル家に勝ったくらいで粋がって」

「若いから調子に乗っているのさ」

言いたい放題である。

ベランジュとロイクが、時間が来たため俺から離れるようだ。

去り際にロイクが俺に挨拶をしてくる。

「それでは失礼します。楽しんでいってください。あぁ、それから――ノエルを取り戻すつもりなら諦めた方がいい。あいつは俺の物だ」

皆には見えないように取り繕っているが、俺にはドス黒い殺気を向けてきた。

顔芸かと言いたくなるような表情を向けてくる。

それを見て、マリエが「こいつ」と睨み付けているが、俺は爽やかな笑顔で相手をしてやることにした。

「前にも似たようなことがあった。俺に喧嘩を売った馬鹿な王子がいてね」

「ほう――それで？」

「そいつがどうなったか知りたいか？　今は屋台で串を焼いているよ。元王太子様が串焼き屋の屋台で稼いでいるわけだ。涙ぐましいと思わないか？」

嘘じゃない。

本当だ。

ユリウスの奴は、暇を見つけては屋台に出向いて仕事をしているのだ。

本人は「天職を見つけた！」と大喜びだったけどね。

まぁ、こんなのはただの脅しだ。

ロイクには効果がなかったけどね。

「そいつは楽しみだ。フェーヴェル家を焼いたように、共和国を滅ぼすつもりか？　確かにお前は強いが、それだけで生き残っていけると思うなよ」

ロイクが視線を俺たちから外すと、そこにいたのは他国の外交官たちだ。

ラーシェル神聖王国の外交官が、俺の方を見ている。

「分かるか？　世の中は簡単じゃないのさ。お前は強いが、それだけで全てが思い通りになると思うなよ」

「思ったこともないね。だが、おぼえておけ。俺は敵対した奴らは、必ず叩き潰す。お前も同じだ。精々、ノエルを取られないように怯えていろ」

ロイクが俺を一睨みした後に、表情を消して余所行きの顔を作った。

「楽しみにしておくよ、王国の英雄殿。いや、外道騎士だったかな？」

嫌な二つ名がここでも広がってきている。

ロイクが去って行くと、マリエが呆れていた。

「DV野郎の典型よね。周りには悟らせないのよ。それよりも兄貴——本当にノエルを取り戻せるの？」

このパーティー会場もそうだが、ノエルの周辺は警備が以前とは比べものにならない。

ルクシオンでも敵に被害を出さずに、というのは難しいだろう。

そもそも、あいつは敵に被害が出ても気にしない。

穏便に事を運べない奴なのだ。

「どうするか考えているところだ。取り戻すこと自体は簡単なんだが――」

「リオン君、久しぶりだね」

考えていると、俺を見つけたアルベルクさんがやって来た。

「アルベルクさん」

どこか疲れた表情をしていた。

「今日はどうしてここに？　ベランジュが招待するとは思えないが？」

ルイーゼさんのことを知らないのか？

「いえ、実は――」

事情を話そうとすると、会場の照明が消されて舞台の方だけ灯りが灯される。

そこにロイクが――ノエルを連れて現れた。

ノエルはドレスを着用しているが、肌の露出が少なく首元に飾りが付いていた。

そして、ロイクがノエルと手を繋ぎ、右手を掲げさせる。

「レスピナス家が滅んで十数年。不在だった巫女の地位ですが、それも今日限りです。この、ノエル・ジル・レスピナスの右手に巫女の紋章が宿りました！　彼女は滅んだとされるレスピナス家の生き残りです」

会場内は事前に知らされていたために拍手が巻き起こる。

暗い会場内で、アルベルクさんの表情は険しいものになっている。

やはり、レスピナス家に対する怒りを忘れられないのか？

ノエルはロイクの横に立ち、笑顔で手を振っていた。

マリエが俺に説明する。

「兄貴、アレはまずいわ。服の下、多分だけど痣《あざ》だらけよ。表情も硬いし、化粧で誤魔化しているみたいだけど顔色も悪いかも」

「そこまで分かるのか？」

「勘よ」

こいつの勘は当てになるのだろうか？

疑っていると、姿を消しているルクシオンから知らせが入る。

『マリエの勘は当たっていますね。顔の怪我は化粧で誤魔化していますが、体にも殴られた跡があります』

ならば何故笑顔で手を振っているのか？

俺の疑問に答えるのはマリエだ。

「自分が我慢すればいいって思い込んでいるのよ。それに、追い込まれると段々思考力が削られるの。抜け出す気力もなくなるわ。周りは嫌なら逃げればいい、って思うだろうけどね。でも、それが出来ないのよ」

経験者は語る、だろうか？

腹が立ってきた。

ロイクが宣言する。

「さて、巫女が復活したところで、皆さんもその先を期待するだろう。当然だが、守護者も不在だった。だが、これも近日中に解消する。俺――ロイク・レタ・バリエルは、ノエルと結婚してその地位に就く！」

周囲は拍手喝采だった。

根回しは出来ている、ということだろう。

そんな様子を見ていると、暗闇の中で手を掴まれた。

振り返るとルイーゼさんがいた。

「見つけたわ。すぐに来て」

アルベルクさんも驚く。

「ルイーゼ、お前が呼んだのか？」

「説明は後でするわ。それよりも今はノエルよ」

俺たちは暗い会場内を抜け出し、ルイーゼさんが用意した部屋に入る。

◇

暗い会場内。

リオンたちが現れたことに気が付いていた人物が、もう一人いた。

エミールとパーティーに参加していたレリアだ。

（あいつら、また勝手をするつもり!?）

アルベルクたちと会場を出ていく姿を見て、焦ったレリアはエミールに言う。

「エミール、化粧直しに行くわ」

「え？　でも、さっきも――」

「エミール、深く聞かないで」

そう言うと、エミールはハッとして視線をそらした。

「そ、そうだね。ごめんね。うん、ゆっくりでいいよ」

どうやらトイレだと思ってくれたらしい。

女としてどうかと思うが、今はリオンたちの行動を知るのが先決だった。

（あいつら、好き勝手に動き回って！）

レリアがリオンたちを追いかける。

◇

ルイーゼさんからの話を聞いた俺たちだが、最初に激怒したのはアルベルクさんだ。

「やってくれたな、フェルナン」

静かに怒りを滲《にじ》ませている。

ルイーゼさんは、少し焦っている様子だった。

「さっきは会場が暗くなった隙をついて、何とか抜け出せたわ。屋敷ではほとんど軟禁状態よ。外に出ても見張りが付くし、屋敷での自由はほとんどないわ。手紙も調べられているみたい」

どうしてルイーゼさんを閉じ込めるのか？

それはドルイユ家が裏切ったからだ。

アルベルクさんが立ち上がる。

「――ルイーゼはここにいなさい。私はフェルナンと話をしてくる」

「お父様？」

「今日はこのままラウルト家の屋敷に連れ帰る。ドルイユ家の者たちが来たら、私の名前を出しなさい」

アルベルクさんが部屋を出ていく。

すると、緊張から解放されたマリエが溜息を吐いた。

「あ〜、怖かった。迫力があるわね」

ルイーゼさんがマリエを見てクスクスと笑う。

「普段は優しいのよ」

「そんな風には見えないわ」

俺の方は、ルクシオンから次々に届けられる情報に耳を傾けていた。

周囲には聞こえていない。

『マスター、どうやらドルイユ家はルイーゼを使ってユーグをラウルト家の当主にするつもりのようです』

嫌な話ばかり聞こえてくる。

もっと明るい話題を届けて欲しい。

だが、願っても叶わないことはある。

『――ドアの前で聞き耳を立てている人物が一人います。レリアですね。排除しますか？』

どうしてお前は過激なの？

「入れてやるよ」

俺が急に口を開くと、マリエもルイーゼさんも俺を見る。

俺はドアにコソコソと近付き、一気に開けてやるとそこには聞き耳を立てていたレリアの姿があった。

「はしたないぞ、巫女の妹さん」

笑ってやれば、レリアが部屋の中にいるルイーゼさんを睨む。

小声で俺に言うのだ。

「あんた、どういうつもりよ。まさか、ラウルト家に味方をするつもり!?」

「前向きに検討しています」

「誤魔化すな！」

騒いでいると、ルイーゼさんがレリアを見て腕を組む。

「――レリア、あんたも関わっていたのね。まぁ、いいわ。あんたとも話がしたかったのよ。もう、隠す必要もないし」

入室が許されたので、俺はレリアを部屋に入れるとドアを閉めた。

緊張したレリアが、ルイーゼさんを前にして敵意をむき出しにする。

「――これでラウルト家も終わりね」

「そうかもね」

ルイーゼさんには動揺が見られなかった。

マリエが俺に小声で話しかけてくる。

「ねぇ、これから何が始まるの？」

「俺が知っていると思うのか？　二人次第だろ」

レリアの方はもう勝ちを確信しているのか、ルイーゼさんに対して強気の姿勢を見せている。

しかし、動揺しないルイーゼさんを前にして、狼狽《うろた》えだした。

「こ、これからは、あんたの好き勝手には出来ないわよ。姉貴を随分といじめていたようだけど、もう出来ないわ」

「そうね。学院に戻ってもする必要がないわね」

する必要がない？

俺とマリエが顔を見合わせる。

マリエがおずおずとルイーゼさんに尋ねるのだ。

「あ、あの～、ノエルが嫌いだから絡んでいたんじゃないのかな、って」

ルイーゼさんが笑った。

笑って、そしてとてもいい笑顔で語る。

「私はあの女が嫌いよ。本当に嫌い。そこにいるレリアも同じね。何も知らずにノウノウと暮らして、おまけに学院にまで潜り込んできた。名前だってそのままとか、こっちを馬鹿にしているのかと思ったわ」

レリアが反論する。

「そ、それは！　――願書に家臣たちがそう書いたから」

まぁ、自分たちの意志ではない、と。

「学院で貴女たちを見つけた時は、本当に憎くて仕方がなかった。私だって全ては知らないわよ。けど、お父様がレスピナス家の跡取りである双子を逃がしたのは知っていたわ」

双子を逃がした？

いったいどういうことかと、マリエと顔を見合わせた。

マリエは首をぶんぶんと横に振り、知らないとアピールしてきた。

こいつ使えねぇ。

マリエがルイーゼさんに聞けないため、俺が代わりに聞く。

「二人が憎いのは分かりましたけど、ノエルばかりに絡んでいた理由は何ですか？」

ルイーゼさんが俺を見る目は、とても悲しそうだった。

手を握りしめていた。

「お父様に頼まれたのよ。双子には罪はないから、ってね。レリアにはエミールが側にいたわ。けど、ノエルの側には誰もいなかった。少し前にはピエールもいたし、厄介なロイクに付きまとわれていたからね」

レリアが困惑している。

「それと姉貴に絡むのに何の関係があるのよ？」

マリエが気付いたようだ。

「あ、もしかして、自分の獲物だから手を出すな、的な？」

ルイーゼさんが力なく頷く。

「私だって関わりたくないわよ。何も知らずに、平和そうに暮らしているあんたたちが嫌いだった。こっちの気も知らないで、いったい何なのよ!?」

段々とルイーゼさんが興奮して、レリアに迫り、壁際に追い詰める。

胸倉を掴んでいたので、俺とマリエで引き離した。

マリエに言う。

「外に連れ出せ！　こっちは俺が面倒を見る！」

「わ、分かった。ほら、さっさと来て！」

二人が部屋から出ていくと、俺とルイーゼさんだけになった。
ルクシオンが茶々を入れてくる。
『二人きりですね。浮気を疑われないように行動しましょう』
——黙ってろ、ポンコツ人工知能。

第10話 「悪役」

レリアを外に連れ出したマリエは、廊下に出ていた。

二人とも息を切らしている。

レリアの方は、ルイーゼに本当に憎まれていることがショックだったのか気が動転しているようだ。

胸元を押さえて、先程から文句を言っている。

「何よ、あいつ。悪役の癖に――私たちを苦しめてきた元凶の癖に、被害者ぶりやがって」

そんなレリアに、マリエは尋ねた。

「あっちは兄貴に任せましょう。それよりも、ロイクの件よ。あれ、かなりまずいわよ。あんた、ちゃんと確認したの？」

レリアは興奮しながら答える。

「したわよ！　姉貴にも会ってきた！　姉貴も大丈夫だって言っていたし、ロイクも首輪は安全のためだって言うから！」

レリアの様子を見て、マリエは役に立たないと判断した。

(こいつ、言いくるめられたわね)

レリアはロイクの本心を見抜けていない。

ロイクも、レリアの前では猫をかぶっているのだろう。

(ロイクが本気を出せば、レリアくらい簡単に騙《だま》せるか。ん？　待って——首輪？　ロイクが首輪を持ち出すイベントがあったような——あっ!!)

マリエは現状がまずいことを、レリアに言う。

「首輪。そうよ、バッドエンドの首輪！　ロイクが首輪を持ち出したら危険よ。あんたも知っているわよね？　このまま放置は出来ないから協力して」

それを聞いたレリアは、マリエを睨むのだ。

「あんたたちが余計なことをしなければ、ロイクだって姉貴に首輪なんかしないわよ。あんたたちから守るために、仕方なく首輪をつけたんじゃない」

「はぁ!?　兄貴が助ける前に首輪をしていたでしょ。——待って。あんた、二作目をちゃんとプレイしたのよね？　ロイクのバッドエンドは見たわよね!?」

マリエはここで嫌な予感がした。

自分がそうだったように、レリアが二作目の知識を中途半端に持っているのではないか？　そのように感じた。

その予感が的中する。

「バッドエンドなんて見てないわよ！　攻略記事で二股は危険ってあったから、私はそれを回避したわ」

あの乙女ゲーの二作目だが、下手に二股をするとバッドエンドが待っている。

ロイクに危険な兆候が見られると、首輪を持ち出すのだ。

「ば、馬鹿！　ロイクが首輪を持ち出して、それが特殊なアイテムだったらバッドエンド一直線じゃない！」

「――へ？」

レリアは本当に知らない様子だった。

「あんた、トゥルーエンドを見たって言ったわよね!?」

真のエンディングとも言うべきトゥルーエンドを、レリアは見たようなことを言っていた。

レリアはマリエから顔を背ける。

「こ、攻略記事を見て進めたから、バッドエンドは見なかったわ」

マリエは頭を抱える。

「馬鹿ぁぁぁ!!　このままじゃあ、バッドエンド一直線よ！」

「だ、だって。バッドエンドとか見たくないし！　それに、大丈夫そうだったから！」

「いいから、あんたはこっちに協力して。まずい。まずい、まずい。兄貴に知らせないと！　このままだと、ノエルが――」

レリアはマリエの慌てる姿を見て、不安に思うのだった。

「そ、そんなにまずいの？」

「ロイクはこのままノエルを監禁するつもりよ！　ゲーム通りならだけど。二人の間に愛なんてない。だから、守護者が生まれずに共和国が滅ぶのよ」

「そんなの困るわよ！」

マリエはレリアの反応に苛立つのだ。

（こいつ、ノエルの心配をしてないじゃない！）

「とにかく！　――私たちに協力して。今のロイクは危険よ」

レリアは俯いてしまった。

◇

部屋の中、俺はルイーゼさんとソファーに座っていた。

俺が背中から抱きしめている格好だ。

先程まで暴れ、泣いていたが――今は落ち着いてくれている。

ルイーゼさんが、ポツポツと昔のことを語るのだ。

「――私の弟のリオンはね、ノエルとの婚約話が出ていたのよ。それも、レスピナス家から持ち込んだ話よ」

「そうだったんですか」

「馬鹿にした話よ。本来はお父様が守護者に選ばれるはずだったのよ。それを袖にしておいて、ラウルト家の力が必要だからって」

過去に何があったのか、ルクシオンが分かりやすくまとめて俺に教えてくれる。

『かつてアルベルクとの婚約を破棄した巫女が、図々しくもアルベルクの息子と自分の娘の婚約話を持ち込んだ、ということですね。まぁ、次の世代でお互いの禍根《かこん》を水に流そうという努力の結果かもしれませんが』

ラウルト家のリオン君がそのままノエルと結ばれ、守護者になればラウルト家にも利益があるからな。

ただ、ルイーゼさんは納得できない様子だった。

「それなのに、リオンが死んだら先代の巫女と守護者は葬儀《そうぎ》に顔も出さなかったわ。名代《みょうだい》を出してきて、それで終わりよ」

確かに無礼な話だな。

共和国の事情があるのだろうか?

「名代を出すのは普通ですか?」

「――理由があれば出すけど、仮にもリオンはラウルト家の嫡子よ。他の家は、最低でも跡取りが葬儀に参加したわ。それなのに」

聞いている限り、レスピナス家も随分と――酷いな。

ラウルト家への態度が悪すぎる。

二作目の正義の味方側だろ? 何でそんな態度を取った?

「――私は何も知らないあいつらが憎かった。憎くて、本当に憎くて――でも、リオンは婚約が決まった時に、相手の写真を見て嬉しそうにしていたのよ。お姉ちゃん、僕のお嫁さん美人だよ――ってはしゃいで。お父様も苦笑いだったわ」

か、軽くない？　リオン君、もうちょっと空気を読んだ方が良くない？

だが、五歳だ。まぁ、事情を知らなくても仕方ないのかな？

「ノエルに会いたがっていたわね。僕が幸せにするんだ、ってませたことを言って。――それさえなければ、私だって」

リオン君がノエルを気に入っていたから、ルイーゼさんが守っていたのか？

この人も苦労性だな。

「それでも、ノエルを守っていたんですね。自分がちょっかいをかけている間は、他が手出しを出来ないから、って」

ピエールのような厄介な連中から、この人がノエルを守っていたというわけか。

複雑すぎて困る。

もっと悪い奴は悪い方がいい。

じゃないと――決断する時に気分が悪い。

「――お父様にも頼まれたからね。あの二人に罪はない、って。私は、あの二人が巫女になれば危険だって言ったわ。でも、お父様がそれはない、って言うから」

――ないと思っていた？

どういうことだ？

そこで俺は、ルクシオンが言っていたことを思い出す。

どうしてレスピナス家が、言っては悪いが格下のラウルト家に負けたのか？　を。

「でも、こうなるとどうにもならないわ。ノエルが巫女に選ばれたなら、お父様でも逆らうことが出来ない」

「それが、苗木の方の巫女でもですか？」

「その可能性もあるわね。けど、大事なのは巫女の存在よ。私たちの国では、巫女というのはそれだけ重要なのよ。今の聖樹ではなく、苗木の方だって構わないわ」

「あ〜、やっぱり」

ノエルの価値は変わらない、というのが確認できた。

これは、助けるのが大変そうだな。

ルイーゼさんが俺の手を握る。

「ねぇ――ノエルを助けたい？」

◇

パーティー会場の控え室。

六大貴族の関係者たち――当主たちとの面会を終えたノエルは、そこに押し込まれていた。

鏡の前に座るノエルに、ロイクが後ろから抱きつく。

ノエルは鳥肌が立つが、我慢して無反応を貫く。

嫌がれば叩かれるだけだ。

「ノエル、パーティー会場にリオンが来ていたぞ」

「っ！」

それを聞いて反応をすると、ロイクから表情が消えた。

ノエルのサイドポニーテールを乱暴に掴み、自分の方に無理矢理向かせる。

「あの男がそんなにいいのか？　巫女であるお前が、外国の男を選ぶのか！」

座っていたノエルを乱暴に投げ付け、ロイクは呼吸を乱した。

だが、すぐにノエルに駆け寄って抱きしめる。

「ごめんよ、ノエル。俺はお前を傷つけたくないんだ。だけど、お前が他の男を気にかけるからいけないんだ」

情緒不安定なロイクは、ノエルに暴力を振るった後はいつもこれだ。

急に優しくなる。

連日のこの状況に、ノエルは考えることが苦痛になってきた。

それに、だ。

（どうせ逃げられない）

首輪がノエルをロイクのもとから逃がさない。

逃げられないなら、従うしかないのだ。

無理に逃げようとすれば、自分が苦しむことになる。

「ノエル、もうすぐ結婚式だ。そうなれば、俺とお前の絆は誰にも邪魔できない。俺が守護者に選ばれたら、お前を守ってやる」

ノエルはロイクに何も答えない。

その態度に腹が立ったのか、ロイクはノエルの頭を押さえつけた。

床に押しつけ、グリグリと動かす。

「ノエル、どうして俺の愛を理解しない！　お前は、いつもいつも！」

ノエルはロイクの暴力が終わるのを待つのだった。

(帰りたい。誰か助けてよ。――リオン)

逃げ出したいが、逃げられない。

どうしようもない状況で、ノエルは一人で耐えるのだった。

◇

マリエの屋敷に戻ってきた俺を出迎えてくれたのは、無表情のコーデリアさんだった。

「お帰りなさいませ、リオン様。――マリエ様とパーティーに参加して楽しかったですか？」

「楽しかったよ。色々と吹っ切れたからね」

「――それは良かったですね」

先程よりも冷たい視線を向けてくる。

ユメリアさんも側にいて、俺が脱いだ上着を受け取ってくれる。

「貴族様って頻繁にパーティーがあって大変ですよね」

コーデリアさんと違って、こちらはほんわかしていて癒された。

マリエは疲れた顔をしている。

「もう、頭がパンクしそう。問題ばかりじゃない。料理だって食べられなかったし」

あの後、今後の話をしたからな。

アルベルクさんやルイーゼさんの協力を取り付けたのは、大きな成果だろう。

俺たちが戻ってくると、顔を出すのはユリウスだった。

「戻ってきたか。それで、どんな様子だ？」

俺は簡単に説明する。

「本当に権力闘争だった。ラウルト家を追い落としたいバリエル家が、周りを巻き込んでいる感じかな」

巫女という無視できない存在を利用して、成り上がる気満々だ。

ロイク個人はノエルに固執《こしつ》していたが、当主のベランジュが狙うのは議長代理の椅子だった。

いや、共和国を取り仕切るポジション、かな？

ユリウスが頷く。

「予想通りか。みんな既に集まっているぞ」

五馬鹿と――カイルやカーラが待つ部屋に入る。

と言っても食堂だ。

俺とマリエが来ると、皆が緊張した様子だった。

マリエが椅子に座ると、カーラが水を用意する。

俺にはカイルが持って来たので、受け取って一気に飲み干すと口元を拭った。

「悔しいがお前らの予想通りだ。ロイクはともかく、共和国の連中がノエルを使って権力闘争を始めやがった」

ジルクは別段驚いた様子はない。

「そんなものですよ。大使館で情報を集めましたが、バリエル家が苗木を得るためにあの手この手で接触してきているそうです」

ブラッドが少し困っていた。

「大金を積まれると裏切る役人も出てくるし、王国にいる大臣クラスが買収されると厄介だよね。出来れば、その前にけりをつけたい」

グレッグは——どうして上半身裸なんだ？　服を着ろ、服を！

「国と個人の利益は違うからな。ノエルをさっさと確保しても、共和国は金持ちだ。資金を大量に使って、搦《から》め手で来られると厄介だ」

次はクリスだが——こいつはどうしてズボンを穿いていないんだ？

「短期決戦で勝負が付けばいいが、助けた後は王妃様に頼んで匿ってもらおう。あの方は個人よりも国の利益を優先してくれる」

ここで名前が出てこない辺り、うちの国の大黒柱はミレーヌさんでローランドじゃない。

マリエがテーブルに突っ伏している。

「結局、助けた後も問題じゃない。あ〜、もう面倒事は沢山よ。こう、簡単に解決する方法はないかしら？」

俺も同意見だ。

だから、この問題は綺麗に解決することにした。

ユリウスが俺を見る。

「バルトファルト、どうする？　助け出すことが可能なら、後は王国にいる母上に任せよう。クリスの言うとおり母上は国の利益を優先する。ノエルを守ってくれるはずだ」

悪くはないが、良くもない。

俺は小心者だから、今後の不安は出来る限り取り除いておきたい。

それに、あの場にはラーシェル神聖王国の外交官もいた。

ミレーヌさんの実家と争っている国だ。

共和国が本気になれば、ラーシェル神聖王国に支援をするだろう。

王国と争っている国々にも同じように支援して、俺たちを苦しめてくるはずだ。

苗木が聖樹のような力を発揮するまでに、どれだけの時間がかかるのかも分かっていない。

ミレーヌさんも、全周囲を敵に回してまでノエルを助けるか？

不安が残るやり方は、小心者としては認められない。

「駄目だ。共和国が本気を出せば、ミレーヌさんでも守り切れるか危うい。搦《から》め手で来られると本当に厄介だ。だから――共和国のプライドを折ることにした」

俺がプライドを折りにいくと言い出すと、ユリウスが困った顔をする。

だが、俺の意見を否定はしてこない。

「お前に何か妙案でもあるのか？　プライドを折るのは簡単ではないぞ。またアインホルンで暴れ回るつもりか？」

「俺がワンパターンの人間に見えるのか？　困ったら戦争なんて、野蛮な思考はしていない。もっと平和的に解決する」

ジルクが肩をすくめて笑っていた。

「平和的、ですか。伯爵の平和的、というのが穏便であると良いのですけどね」

こいつの言葉にはとげが多いな。

「安心しろ、必ず折ってやる。さて、その前にノエルの救出だ。決行日は結婚式当日を考えているが、どうだろう？」

やると決めたら徹底的に、だ。

俺の提案を聞いて、マリエがワクワクしていた。

「ついにリオンがやる気になったわね！　でも、結婚式当日って、敵も警戒を強めないかしら？」

クリスがアゴに手を当てて、マリエの意見を補足する。

「警戒するだろうな。共和国にとっては大事な日だ。騎士や兵士たちもかき集めるだろう。それに、当日は六大貴族たちも集まるはずだ。そんな場所で問題でも起こせば、バリエル家のメンツが――まさか、それが狙いか？」

バリエル家のメンツを潰す。

それも確かに魅力だし、狙っていることの一つだ。

だが、その程度では敵を怒らせるだけだ。

「俺がその程度で終わると思うのか？」

グレッグが首を横に振る。

「思わない。お前はもっと酷いことが出来る人間だよ」

褒めてくれてありがとう。

その言葉、絶対に忘れないから覚えておけ。

俺は八人を前にして両手を広げる。

「さぁ、始めようか――共和国が二度と逆らえないように、プライドをへし折りにいくぞ」

全員が控えめに「お、おう」と拳を上げる。

もっと元気を出せ！

これからが楽しいところだろうが。

◇

結婚式を明日に控え、マリエの屋敷は不気味な静けさに包まれていた。

コーデリアが苛立っている。

「まったく、一体何を考えているのか」

一緒に仕事をしているユメリアが、コーデリアに心配した顔を向ける。

「リオン様たちは大丈夫でしょうか？」

そんな二人を見るのは、クレアーレだった。

『大丈夫よ。それより、買い出しに出たら食糧はちゃんと十一人分買ってね』

コーデリアがソファーを見ると、そこにはリオンの顔が描かれた人形が置かれている。

他の場所にも、ここにはいないユリウスたちの人形が置かれている。

時折、ロボットたちが場所を移動させていた。

コーデリアには、一体何をしているのか分からない。

「これに何の意味があるのですか？」

『あら、けっこう大事なのよ。それよりも、貴女ってマスターに冷たくない？　公爵家から派遣されたメイドなら、公私混同はまずいと思うわよ』

「それはリオン様が！　――アンジェリカ様という素晴らしい婚約者がいながら、マリエと仲良くするからです」

コーデリアの心配を聞いたユメリアは、首をかしげる。

「え？　でも、リオン様とマリエ様は仲良しですけど、男女の関係じゃありませんよ」

「え、そうなの？」

「はい。な、何というか――兄妹のような感じです」

そう言われると、コーデリアには言い返せなかった。

コーデリアは男性と付き合った経験がないのだ。

幼い頃から公爵家に仕えることが決まっていたし、学生時代は貞操観念もしっかりして恋愛は控えていた。

つまり、経験がない。

クレアーレも否定しない。

『そうね。兄妹みたいなものね』

「そ、そう言われると、そのような気も――で、でも、今は他の女性にうつつを抜かしていますよね!!」

『あら、いいじゃない。無理矢理結婚させられる可哀想な女性を助けるために、マスターが命を賭けるのよ。男気ってやつ？』

「政略結婚などありふれた話です。それを邪魔して国際問題にでもなれば、どれだけの人が迷惑すると思うのですか？」

『あら、政略結婚賛成派？　貴女の部屋にある恋愛物の小説には、無理矢理結婚させられそうになったところで、愛し合った男性が迎えに来るものがあるじゃない』

「な、何故知っているのですか！　そ、それに、現実と幻想は違います。夢は夢だから美しいのです！」

夢見る少女みたいなコーデリアだった。

ユメリアはノエルを心配する。

「でも、暴力を振るわれていると聞きましたよ。本人も望んでいませんし、家の事情は複雑すぎて分かりませんけど、助けてあげたいです」

コーデリアは溜息を吐く。

「私とてそう思いますが、国には国の事情があります。個人が好き勝手に出来ないこともありますよ」

そこで、クレアーレはコーデリアに助言する。

『貴女の気持ちも理解できるけど、もっとマスターを色眼鏡なしで見てから判断して欲しいわね』

色眼鏡——確かにリオンに対して、少々評価がきつくなっていた。

それをコーデリアは反省する。

コーデリアも屋敷で働くメイドだ。

リオンとマリエが男女の仲になればすぐに分かるし、これまでにそんな証拠は見つかっていない。

「分かりました。私も反省するべき点があります。もっと、リオン様のことを信じてみましょう。ですが、本当にこれは役に立つのですか？」

ソファーに座っているリオンの人形が、ポトリと横に倒れる。

◇

屋敷の外では、様子をうかがう人影があった。

近くの建物を借りて、常に見張っていた。

二人組が時計を見る。

「もうすぐ時間だな。屋敷の中の様子は？」

「動きは少ない。十一人とも屋敷の中だな」

「しっかり見張れ。今日は大事な日だからな」

「それはいいが、港の方はどうだ？　一本角が二隻もあるんだろ？」

「そっちは警備隊が見張っている。軍隊も出ているが、動きはない。誰も乗り込んでいないそうだから、安心だろう」

二人組は屋敷の監視を続ける。

「――それにしても、動きが少ないな」

「屋敷に引きこもってくれているなら問題ない。今日を乗り切れば、ロイク様が守護者になって俺たちも解放される」

バリエル家から派遣された監視者たちが、屋敷を見張っていた。

港も同様だ。

アインホルンとリコルヌを、これでもかという艦隊で見張っている。

リオンたちに動きがあれば、すぐにロイクに知らせるためだった。

◇

聖樹神殿。

そこは六大貴族たちが会議をする場所でもあるが、巫女が式典を開く際にも利用されている。

今日は巫女が結婚するため、特別に使用が許されていた。

会場に集まる六大貴族たちは、ロイクを褒め称えている。

フェーヴェル家の当主であるランベールなど、あからさまにごまをすっている。

「いや〜、実にめでたい。これで共和国にも守護者が復活するわけだ。王国の小僧にいつまでもでかい顔はさせておけないからね。ロイク君には期待しているよ」

守護者が一番聖樹から恩恵を受けられる。

その力は絶大だ。

ロイクに期待が集まっていた。

「ノエルは苗木の方の巫女ですよ。守護者の力がどれだけ出せるのかは未知数です」

「そ、そうなのか？　だが、巫女と守護者の復活は実にめでたい。共和国も安泰だ」

新しい聖樹の巫女が手に入った。

それだけでも、共和国には吉報である。

そして今、巫女が守護者を選ぼうとしている。

六大貴族たちも期待をしていた。

ベランジュがアルベルクを横目で見る。

「六大貴族から守護者が出るのは久しぶりだ。先代は平民出身だったからな。そうだろ、アルベルク？」

それはアルベルクへの嫌みだった。

アルベルクは目を閉じて答えない。

腕を組んで黙っているアルベルクの隣には、フェルナンの姿があった。

「議長代理、気にされてはいけません」

アルベルクは無愛想だった。

フェルナンになだめられ、ロイクを祝福する。

「分かっている。――ロイク君、おめでとうと言わせてもらおう」

「ありがとうございます、議長代理」

「かつて守護者の紋章を得られなかった私からの助言だ。最後まで気を抜かないことだ」

それだけ言ってアルベルクが部屋を出ていくと、ベランジュが鼻で笑う。

フェルナンもアルベルクに従って部屋を出ていくが、ロイクに目配せをしてきた。

二人が出ていくと、ベランジュが声を出して笑った。

「負け犬の遠吠えだな。奴はかつて、巫女に婚約を破棄された情けない男だ。ロイク、気にするなよ」

「分かっていますよ、父上。それにしても、議長代理も可哀想な人だ。フェルナンがこちら側と気付いていないのだから」

他の当主たちが話を始める。

「二人は昨日、少し揉めていなかったか？」

「フェルナンの小僧に言いくるめられたのさ。アルベルクもたいしたことがない」

「フェルナンの裏切りを知って、どんな顔をするのか楽しみだな」

ラウルト家以外がまとまりを見せていた。

こんなことは非常に珍しい。

ロイクは心の中でリオンにお礼を述べる。

（お前のおかげで俺たちはまとまれた。感謝するぞ、英雄殿）

皮肉にも、リオンという脅威を前に、ベランジュを中心に六大貴族たちがまとまりを見せていた。

アルベルクのリオンに対する態度も弱腰に見え、他の当主たちには不安だったようだ。

そこに、ロイクという希望の光が現れた。

（お前の存在が俺に力を貸した。流れは完全に俺にある。指を咥えて見ているんだな）

ロイクは勝利を確信する。

すると、部屋にバリエル家の家臣が入室してきた。

「皆様、そろそろお時間です」

ノエルとロイクの、結婚式が始まろうとしていた。

第11話「花嫁泥棒」

ノエルは鏡の中の自分を見ていた。

綺麗な花嫁衣装——だが、首には首輪が付いている。

使用人たちが首輪が見えないように飾り付けていると、部屋にレリアが入ってきた。

「あ、姉貴」

不安そうな顔をするレリアに、ノエルは笑顔を向ける。

「どうしたのよ？」

「だ、大丈夫？」

何が大丈夫なのか？　そう思ったが、ノエルは優しく返した。

「緊張はしているけど、それくらい？　あんたも、もっと喜びなさいよ。これであたしたち、貴族に戻れるのよ」

レリアが俯くが、周囲にはバリエル家の使用人たちがいる。

本音で話せない。

だが、ノエルはレリアに負い目があった。

「——ごめんね。あたしが見つからなければ、あんたを巻き込まなかったのに」

それは、レリアを巻き込んでしまったことだ。
レリアが首を横に振る。
「わ、私は大丈夫。だけど、姉貴は――」
使用人たちが会話を遮った。
「ノエル様、お時間です。レリア様も退出してください」
レリアが追い出されると、ノエルはすぐに無表情になる。
ノエルも女の子だ。
花嫁姿に憧れがあった。
しかし、そんな姿になっても――悲しくて涙が出そうになる。
(本当にどうしてこうなったんだろうね)
紋章一つで人生が左右される。
それが本当に嫌だった。

◇

会場はとても広かった。
大樹に似せた柱が並び、高い天井を支え、ステンドグラスは聖樹の絵柄になっている。
そこから差し込む光がとても綺麗で、天井からも光が差し込む。

光に照らされた道を歩くノエルは、周囲の参列者を見た。

皆、紋章を持つ者たち。

聖樹に選ばれた人々だ。

彼らは貴族であり、新しい巫女と――これから誕生する守護者を祝っている。

ノエル個人を見ている者は少ない。

（――あたしのことなんて、興味もないくせに）

大事なのは紋章と、巫女という立場だ。

聖樹と人とを繋ぐ架け橋――共和国が失い、求めてきた存在。

誰もノエル個人の幸せなど願っていない。

ロイクと結婚すれば幸せになれるだろう、と考えている者がほとんどだ。

（あたしが願ったのはこんなことじゃない。あたしが願ったのは――）

そう思っても、巫女という立場に代わりがいない。

ノエルには自由などなかった。

（紋章が現れて、浮かれていたのが馬鹿みたい。そうよ、これが巫女の紋章を持つ者の運命よ。一生、聖樹に縛り付けられる）

願った未来は叶わない。

（何が愛した人と結ばれる、よ。そんなの嘘じゃない）

それでも逃げないのは、首輪がノエルを逃がさないから。

それと、共和国のためだ。

ノエルは貴族が嫌いだ。

紋章を持つ貴族たちは、ピエールのように極端な者は少ないとはいえ皆傲慢《ごうまん》だった。

苦しむのは、いつも民たちだ。

貴族たちは負けないからと防衛戦を続け、被害を受けるのは民たち。

戦争で死ぬのは紋章を持たない民。

貴族は紋章を持っているために、戦死などまれだ。

共和国は好きだ。

だが、共和国を支配する貴族たちは嫌いだ。

自分が巫女になるのも民のためだ。

(だけど――せめて、守護者くらい選ばせてよ。何でロイクなのよ)

会場の奥にある聖樹をかたどった石像の前に来ると、そこにはベランジュがいた。

共和国では聖樹が神聖化され、それに近い立場の六大貴族は神職の代役も行うことがある。

そんなベランジュの背中――背後には、ベランジュが持つ紋章が浮かび上がっている。

こういった式典では、神職役が紋章を周囲に見せて立会人が自分であると示す習わしがあった。

今日のような大事な場では、六大貴族の当主が神職役を務める場合が多い。

ベランジュは二人に小声で話しかけた。

「お似合いだぞ、二人とも。さて、巫女様にはここでロイクに守護者の紋章を与えてもらおうか。やり方は分かっているな？」

　事前に教えられていた。

　巫女が心の中で聖樹に語りかけ「この者こそが守護者に相応しい」と祈ればいいようだ。

　ノエルがロイクの方を見て、手を組んで祈る仕草をする。

　ロイクに守護者の紋章を与えていいのかと悩みながらも、他に選択肢がない。

（聖樹よ――この方が貴方の守護者です。どうか、守護者の紋章をお与えください）

　ノエルが祈りを捧げると、右手の甲が輝き巫女の紋章がノエルの一メートル後ろに出現した。大きさは三メートルほどだ。

　それを見た参列者たちが、巫女の紋章を見て興奮している。

「おぉ、ついに！」

「これでアルゼルの未来も明るいな」

「そして守護者の紋章が――紋章が？」

　ただ、ノエルの巫女の紋章が出現したのに、その後が続かない。

　この後には同じように、ロイクの後方に守護者の紋章が出現するはずだ。

　それで巫女と守護者の婚姻が成立するのだが――しばらく待っても現れない。

　ロイクが歯ぎしりをしていた。

「ノエル、お前はこの場で俺を裏切るつもりか」

「や、やってる。あたしはちゃんと――」

もう一度、強く祈る。

(聖樹様、あたしの声を聞いてください。目の前にいる男性が貴方の守護者です。貴方を守る存在です)

必死に祈るも、ロイクに守護者の紋章は与えられない。

そればかりか――声が聞こえてきた。

ノエルにだけ聞こえる苗木の声は、幼い女の子のようだった。

だが、苗木はノエルの申し出を受け入れない。

拙《つたな》い喋り方だが、強く拒否されたのをノエルは感じた。

ノエルが目を開く。

「――え?」

驚いて手を離してしまったノエルに、ベランジュが焦りつつも小声で話しかけてきた。

「巫女様、早くしていただけませんか? それとも、この場で我々を辱《はずかし》めるおつもりか?」

ノエルは首を横に振る。

そんなつもりはない。

だが、聖樹が拒否したのだ。

「ち、違う。あたしはちゃんと祈った。でも、でも――拒否された」

静まりかえった会場に、拒否という言葉が響き渡った。

ざわつく会場。

ロイクは顔の中心に皺を寄せ、ノエルの首を掴む。

「ノエル、お前はそうやって俺を！」

ノエルがロイクの手を両手で掴むが、離れることが出来ない。

ロイクが両手でノエルの首を掴む。

周囲が騒ぎ出し、ベランジュが止めようとするがロイクの後方に六大貴族の紋章が出現した。

ロイクの紋章は炎を発しており、周囲の者たちが近付けない。

ベランジュも近付けなかった。

「ロイク止《や》めろ！　巫女を殺すな！」

ノエルの喉にロイクの指がめり込む。

「っ！」

声を出せないノエルに、ロイクは笑っていた。

「お前が俺のものにならないなら、最初からこうすれば良かったよ！」

ノエルは自分がこのまま死ぬかもしれないと覚悟をすると、声が聞こえる。

舌足らずな幼い声が、頭の中に聞こえてくる。

守護者が来る——と。巫女を守るためにやって来る、と。

(守護者？　あ、あたしは選んでない。それなのに、どうして守護者が——)

首を絞められて苦しく、そしてロイクの炎がノエルのウェディングドレスを焼く。

すると、天井のガラスを突き破って黒い鎧が降りてきた。

アロガンツだ。

リオンの声が会場に響き渡った。

『花嫁を取り戻しに来たよ！』

随分と楽しそうな声を出している。

アロガンツが侵入したことで、会場内には風が吹き荒れて炎がかき消された。

ロイクも吹き飛ばされ、ノエルも転がるとアロガンツから出て来たリオンを見る。

白いタキシード姿だ。

（結構似合うじゃん）

そんなことを考えてしまう自分がおかしく、喜んでいることに恥ずかしくなる。

ロイクはアロガンツから見下ろすリオンを見て怒鳴るのだった。

「何しに来た！　まさか、花嫁をさらうつもりか？　白いタキシードなんか着て乗り込んできて――このことは王国に抗議させてもらおうか」

周囲からも鎧で乗り込んできたリオンに野次が飛んでいた。

だが、リオンは慌てない。

手に持っていた短機関銃を構えて引き金を引くと、弾丸がばらまかれて参列者たちが悲鳴を上げた。

そして――誰もが驚くことを言い出した。

「盗人猛々《ぬすっとたけだけ》しいとはこのことだな。人様の花嫁を奪って結婚式を強行するのが、共和国の言う上品なやり方か？　人を野蛮人と言っているが、お前ら相当な野蛮人だぞ。少しは自分を省みた方がいい」

こいつは何を言っているんだ？

ベランジュも抗議する。

「大事な式典中に鎧で殴り込んでおいて、何を言うか！　そもそも、どうやって入り込んだ？　聖樹神殿の周りには軍隊を――」

リオンはヘラヘラ笑っている。

「いや～、大変だったよ。何しろ、前日から乗り込んでいたんだ。誰かさんが屋敷を見張らせるから、小細工をするのも手間だった」

ロイクが舌打ちをすると、駆けつけた兵士たちに撃つように言う。

「奴を殺せ！」

鎧から出て来たのがいけなかった。

生身では危険だ。

ノエルがリオンに叫ぶ。

「リオン逃げて！」

すると、ロイクがそれに腹を立てて――左手を自分に引き寄せた。

ノエルの首輪から鎖が出現して、ロイクに引き寄せられる。

ロイクはノエルの首を腕で締め付けた。

「黙れ！」

その態度を見て、リオンが短機関銃をコックピットに放り投げた。

周囲から兵士たちに銃で撃たれるが、見えない壁に阻まれ当たらない。

リオンは白い手袋を脱ぎ捨てると、右手をロイクたちに向けた。

「――いつまでも調子に乗るな。ひれ伏せ」

その直後、リオンの背後――アロガンツの後ろに大きな魔法陣が浮かび上がった。

それは六メートルほどもある大きな魔法陣で――守護者の紋章だった。

淡く緑色に光る守護者の紋章を前に、ロイクたちは言葉を失う。

それはノエルも同じだ。

(どうしてリオンに紋章が――だって、あたしはまだ選んでないのに)

苗木がリオンに守護者の紋章を与えていたのを、ノエルはここで初めて知った。

◇

リオンが守護者の紋章を宿していた。

その光景を立ち尽くして見ていたルイーゼは、隣で騒いでいるユーグの声を無視している。

「どうして奴が守護者の紋章を持っているんだ!?　ルイーゼ、お前はもしかして知っていたのか！」

あの日の夜。

ルイーゼはリオンたちに協力するため、実家には戻らずドルイユ家に帰った。

そこでリオンたちの仕込みを手伝ったのだ。

だが、今はそれよりもリオンの姿が重要だ。

(――リオン)

ルイーゼは自分の弟である――リオン・サラ・ラウルトを思い出す。

あれはまだ、リオンが死ぬ前のことだ。

ノエルとの婚約が決まり、守護者になれるとはしゃいでいた。

それを見てアルベルクは困った顔をしていたのを覚えている。

だが、息子が守護者になれると聞いて嬉しそうだった。

そんな弟との会話を思い出す。

(そう、あれは確か――リオンが私に――)

幼いリオンが、ルイーゼに言ったのだ。

『お姉ちゃん、僕が次の守護者だよ！　凄いでしょ！』

『凄いけど、本当にリオンが守護者になれるのかしら？　だって、守護者って立派な人なのよ』

『なれるよ！　僕が守護者になったら、みんなを守れる守護者になるんだ』

『みんな？』

『うん！　聖樹も巫女も、そして貴族も領民も――共和国の人たちみんなを守るの！』

『え～、リオンに守れるかしら？　私にだって勝てないのに』

『す、すぐに勝てるようになるよ！　そしたら、お姉ちゃんも助けるから！』

『はい、はい。期待しないで待っているわ』

『言ったな！　必ず助けに行くから覚えとけよ！』

そんなことを言う弟が可愛くて、ルイーゼはリオンを抱きしめた。

だが——その数ヶ月後には、リオンは亡くなった。

冷たい墓石の下に埋められ、葬儀の日にはポツポツと雨が降っていた。

黒いワンピースを着た幼いルイーゼは、墓石の前で呟いた言葉を思い出す。

『嘘吐き——お姉ちゃんを助けてくれるって言ったのに。——死んだら、助けられないじゃない』

弟は守護者にもなれず、そして人々を救うこともなかった。

自分を助けてもくれなくなった。

だが——ルイーゼの目の前には、守護者の紋章を宿したリオンが現れた。

(——リオン)

そんなホルファート王国から来た留学生のリオンだが、共和国の兵士たちを前にして命令する。

「聞こえなかったのか？　頭《ず》が高いぞ、雑魚《ざこ》共が。守護者の紋章の前にひれ伏せ！」

——みんなを助けてくれる守護者には、ほど遠かった。

◇

目の前で共和国の人たちが狼狽えているのがよく見える。

守護者の紋章を宿した俺が現れ、どうしていいのか分からないのだろう。

バリエル家の当主であるベランジュも目をぱちくりさせていた。

何度見ても、俺の後ろに浮かんだ紋章は守護者のものだったからだ。

「さて、花嫁を返してもらおうか、盗人共。知っているよな？　巫女と守護者はセットだ。つまり、お前らは俺からノエルを奪ったことになる。これってどう考えても野蛮じゃないかな？」

共和国の流儀からすると、横入りしてきたのはロイクとなる。

まぁ、本当はロイクからノエルを奪ったのは俺になるのだが。

「それにしても図々しいよな。大々的にこんな結婚式まで開いてさ。もしかして、ロイクが守護者に選ばれると本気で思っていたの？　ない。ないから。絶対にないよ」

共和国の連中を前にして、俺は言いたい放題だ。

腹が立つことも多かったから、この際だからぶちまけておこう。

ここからは、ランベールの悔しそうな姿も良く見える。

「守護者って簡単に言えば聖樹を守れる強い人間が選ばれるんだろ？　本当なら六大貴族から選ばれる可能性が高いのに、苗木は俺を選んだ――これってさ、お前らが頼りないから選ばれなかったんじゃないの？　つまりだ、俺は六大貴族よりも強いって、苗木が認めたようなものだろ？」

そう言うと、周囲からは「ふざけるな！」「無礼だ！」「偉そうに！」とか聞こえてくるが、負け犬の遠吠えにしか聞こえない。

実際、ここにいるのは負け犬ばかりだ。

「事実だろ？　そもそも、聖樹が巫女も守護者も選ばない理由って何だろうね？」

共和国にとってはナイーブな問題に触れると、周囲が一気に静かになる。

とても気持ちがいい。

精々、ストレス発散のために煽ってやろう。

う～ん、人を煽《あお》ったり、説教をするのって偉くなったみたいで気持ちがいいよね！

やられる方は本当に嫌だけど！　でも俺はやっちゃう！

「聖樹は自分を守るべき存在を選ぶんだよな？　それってつまり――お前らの中に、相応しい人間がいないってことじゃない？　苗木ばかりか、聖樹にまで見捨てられたんじゃないの？」

笑ってやると、参列者たちの怒りが俺に向けられる。

「でも、仕方ないか。外国人の俺に負けるようなお前らだ。聖樹も頼りないって見切りをつけるさ」

おや、気にしていたのかな？　参列者たちが顔を真っ赤にしている。

ならばもっと痛いところを突いてやろう！

「図星を指されたからって怒るなよ。こっちはノエルを返してもらいに来ただけだ。穏便に引き取ろうとしたのに、お前らが変に盛り上がるから驚いたよ」

裏切り者のフェルナンが、悔しそうに俺を見上げていた。

そして俺に話しかけてくる。

「――申し訳ない。こちらも想定外だった。出来れば、降りてきてもらいたい。話をしよう」

裏切り者は信用しない主義だ。

「話をする必要はない。俺の巫女を渡せ。単純明快だろ？　俺には苗木と巫女を守る義務があるみたいだからな。お前ら盗人から取り返さないと、苗木ちゃんに怒られる」

フェルナンが何とか食い下がろうとするが、先に我慢が出来なくなったのはロイクのようだ。

「さっきから聞いていれば好き勝手に！　ノエルを先に愛したのは俺だ！　ノエルは俺のものだ！　誰にも渡すものか。誰かに奪われるくらいなら、この場で！」

ロイクが腰に提げた儀礼用の剣を抜くと、会場内が叫び声に包まれた。

俺はすぐに指示を出す。

「ルクシオン！」

『問題ありません。――マスターのお好きなように』

コックピットから剣が飛び出してくる。

それを受け取り、鞘から抜いて飛び降りた。

床まで五から六メートルくらいの高さがあり、少し怖かったが我慢である。

俺を止めようとする騎士や兵士たちが前に出てくるので、片刃の剣をひっくり返して峰の部分で打ち付けていく。

騎士などは紋章頼りが多く、純粋な戦闘技術が拙かった。

「共和国の騎士様は弱いな。王国なら落第点だ！」

ルクシオンの声が聞こえてきた。

『王国では女性に貢《みつ》ぐために男子は鍛えますからね。ダンジョンでモンスターを相手に命懸けで稼ぎ、女子生徒に貢ぐという涙ぐましい努力の末に得た強さですね』

止めろ！　泣けてくる。

だが、強くなるしかなかったのだ。

強くなり、モンスターの蠢《うごめ》くダンジョンで生き抜き、稼ぐ。

そのために得た強さが、今役に立っていた。

騎士や兵士たちを打ち倒してロイクへと近付くと、俺に右手を向けてきた。

ロイクの背後に紋章が浮かび上がっており、そこから炎がロイクの右手に集まり大きな火球を作り出す。

「生身で俺に勝てると思っているのか！」

「紋章の力なら俺にもあるんだよ！　――だが、お前には使わないでいてやる」

ロイクが火球を撃ち出してくると、俺は持っていた剣で火球を斬った。

両断された火球が弾けるが、俺は無事だ。

ロイクが驚いている姿を見て、刃をひっくり返して持ち替える。

身を屈め、ロイクとの距離を縮めるとそのまま――右腕を斬り飛ばした。

ロイクには俺が一瞬で距離を縮めたように見えたかもしれない。

右腕が斬り飛ばされ、聖樹からのエネルギーを受けられなくなったロイクの背後にある紋章が消えた。

ロイクを蹴り飛ばして、踏みつけた俺はそのまま左腕に刃を突き立てる。

ロイクが叫び声を上げた。

「お、俺の腕が！　俺の腕がぁぁぁ！」

「五月蠅い。俺にここまでさせたのはお前だろうが」

ロイクの左腕から、腕輪を奪い取った。

周囲は俺たちを前にして身動きが取れずにいる。

巫女を殺そうとしたロイク。

そして、守護者の紋章を持つ俺。

どう対処すればいいのか分からなかったのだろう。

だが、すぐに動き出す奴も出てくるはずだ。

俺は血の付いた腕輪を自分の左腕に装着すると、座り込んだノエルに手を差し伸べる。

「ノエル、来い」

――だが、ノエルは涙を流して、俺を拒否するのだった。

頭を横に振り、強く拒否してくる。

「止めてよ。どうしてこんなことをするのよ！　忘れようとしたのに。こんなことをするなんて、あんた本当に最低よ！　あたしがどれだけ――どれだけ！」

ノエルの気持ちも理解出来るが、時間がないため俺は強引にノエルを担ぐのだった。

暴れるノエルを担ぐと、周囲が俺たちを取り囲む。

ロイクを見ると、治療魔法を使える者たちが集まって、斬り飛ばされた腕を繋げていた。

「おや、守護者の紋章を持つ俺に逆らうのかな？」

俺の前に出て来たのは、フェルナンだった。

武器を手に持ち、そして紋章の力を使おうとしている。

「たとえ、君が守護者であろうとも、巫女様を渡すわけにはいかない！」

周囲も同様らしい。

俺たちを囲んで武器や紋章を向けてくる。

「戦おうとする気概《きがい》はいいね。だけど忘れていない？」

俺がアロガンツを見上げるも、フェルナンが叫ぶ。

「こちらにも鎧はある！」

無人となったアロガンツに、窓を突き破って入ってくる鎧たちが襲いかかった。

窓や壁をぶち破って入ってきた鎧たちを見て、周囲は俺に専念できると思ったようだ。

だが――甘い。

「アロガンツがこの程度で止まると思うなよ」

アロガンツは無人のまま、両手を掴みかかってきた鎧たちに向けて――そのまま頭部を握りつぶした。

フェルナンが驚いている。

「無人で動く？　いや、中に人がいたのか!?」

正解は無人でも動く、だ。だが、教えてやる必要もないので黙っておく。

「ほら、さっさと道を開けろ。守護者様のお通りだ！　ちょっと、ノエル暴れないで。お願いだから」

「放して！　放してよ！」

担いでいるノエルが、泣きながら暴れるので俺は運ぶのに苦労する。

それを見てフェルナンが叫ぶのだ。

「巫女様をお守りしろ！　リオン殿、巫女様が嫌がられている。このまま通すことは出来ない！」

そこに、アルベルクさんがやって来る。

「全員武器を下ろせ！」

その隣にはルイーゼさんの姿もあった。

アルベルクさんは、床に座り込んだベランジュを睨み付ける。

「ベランジュ、お前からは後で詳しい話を聞く。それから、守護者殿に対する無礼は許さん！」

議長代理の言葉に、騎士や兵士たちが武器を下ろすのだ。

フェルナンがアルベルクさんに抵抗する。

「議長代理、このまま見逃せと言うのですか！」

「落ち着け。話し合いをするにしても、武器を持ち出す奴があるか。それからフェルナン、お前もこの件に関わっていることは知っている」

フェルナンも俯き、そして武器を落とした。

ベランジュは床に座り込み、頭を抱えていた。

「馬鹿息子が」

そんな馬鹿息子のロイクは何をしているのか？

全員の視線が集まると、医者たちが困っている。

アルベルクさんが代表して聞く。

「ロイクはどうした？」

医者が答える。

「そ、その、腕を繋げたら無理をして外に――」

直後、聖樹神殿のどこかで爆発が起きたのか、建物が揺れ始めた。

ルイーゼさんが俺を見る。

「ちょっとリオン君。もう終わりよ」

待って欲しい。何でもかんでも俺のせいにしていないか？

確かに爆弾は仕掛けたが、スイッチはまだ押していない。

「――俺、まだスイッチを押していないんですが？」

すると、本当に仕掛けていたのかという顔をする奴も多かったが、ならどこで爆発が起きたのかと顔を見合わせる人たちもいた。

そんな中、ベランジュが立ち上がって慌て始める。

「あの馬鹿息子、まさかこれ以上の恥の上塗りをするつもりか!?」

◇

聖樹神殿の壁をぶち破り、外に出た鎧が一機。

それはバリエル家が所有する鎧であり、特注品だった。

共和国の兵器は聖樹からエネルギーを受け取れる仕組みがある。

操縦者に紋章持ちが必要という条件はあるものの、性能は同程度の鎧と比べると数段上となる。

共和国が防衛戦で不敗なのは、こうした兵器の性能に頼っているからだ。

そして、バリエル家が所有する鎧の中には、六大貴族しか使えない鎧がある。

本来ならば指揮官機として目立つ役割が与えられていたが、聖樹からエネルギーを豊富に受け取れる六大貴族が乗り込むことを前提に設計されていた。

機体は大きく、深紅の装甲はシャープなデザインをしている。

目立つために作られており、背中には翼を背負っているように見える。

見た目重視だが、性能も非常に高い。

コックピットに乗り込んだロイクは、両腕に血の付いた包帯を巻きながら操縦桿《そうじゅうかん》を握りしめていた。

ロイクの瞳に赤い光が宿っている。

「聖樹よ！　全てを焼き尽くすために俺に力を貸せ！　全てだ。俺の全てをくれてやる！」

怒りに我を忘れ、ただ全てを滅ぼそうとロイクが機体を動かした。

鎧の背後に紋章が浮かび上がり、出力を上げていく。

各部に負荷をかけるほどに出力が上昇すると、ロイクは剣を抜いた。

剣に炎がまとわりつき、それを振るうと斬撃が飛ぶ。

炎が三日月の形で飛び、聖樹神殿の壁を破壊した。

爆発して燃える神殿。

「燃えろ！　全て燃えてしまえ！　ノエルも——そしてあの男も！　俺を認めない者は、全て燃えろぉぉぉ!!」

普段よりも聖樹からエネルギーが流れ込むのを、ロイクは感じ取っていた。

リオンに斬られた腕が痛む。

その度に、憎しみが増していくのだ。

「出てこい、リオン。お前をノエルの目の前で殺してやる。あいつには、俺を選ばなかったことを後悔させて——」

聖樹神殿から参列者たちが逃げ出してくる。

その様子を確認していると、神殿を警備していた飛行船や鎧が近付いてきた。

ドルイユ家の家紋を掲げており、そこには神殿から逃げ出したユーグが乗り込んでいたようだ。

そのユーグがロイクに呼びかける。

『ロイク、もう止めろ！　神殿は破壊するな。兄さんからもう計画は中止だと連絡が来たんだ！』

フェルナンからの指示を伝えてくるユーグに、ロイクは口を三日月形に歪める。

「フェルナンの腰巾着《こしぎんちゃく》が、俺に指図をするな！」

ロイクの鎧が左手を向けると、そこから炎が噴き出してユーグの乗る飛行船を焼いた。

飛行船が落下していくと、ドルイユ家の鎧たちが武器を向けてくる。

『ユーグ様！』

『ロイク殿、いったい何を！』

『すぐに止めろ！』

集まってくる飛行船やら鎧たちを、ロイクは剣で斬り裂いた。

斬られた鎧たちが爆発する。

「中止だと？　計画なんてどうでもいいんだよ！　俺は——俺はノエルがいてくれれば、それでよかったのに！」

笑いながら泣き出すロイクの瞳は、血走って赤い光を宿していた。

すると、聖樹神殿から憎いリオンの乗るアロガンツが飛び出してくる。

『あ〜あ、暴れ回ってくれたな。俺はもっと穏便に終わらせるつもりだったのに』

リオンが出てくると、鎧の背後に輝く紋章が勢いを増した。

ロイクがリオンに叫ぶ。

「来たな——外道騎士！」

赤い鎧がアロガンツに向かって剣を突き立てようとする。

アロガンツがそれを避け、バックパックから取り出した戦斧《せんぷ》をすれ違いざまにロイクの鎧に振るって肩の装甲を吹き飛ばした。

『浅かったな』

ロイクは怒りで頭が茹で上がりそうになりながらも、リオンの動きを観察する。

（くそっ！　野蛮な王国人め！　鎧の扱いは手慣れていると見える。だが、こちらを避けたということは、パワー勝負を避けたということ――大きさはこちらが有利。この勝負、性能の差で押し切ってやる！）

赤い鎧はアロガンツよりも大きかった。

見た目から重量やパワーは、赤い鎧の方が強そうに感じられる。

「性能に自信があるようだが、俺の鎧はバリエル家が造らせた特注品だ！　聖樹からのエネルギーを受けて、魔力切れの心配もない。だが、お前はどうだ？　苗木からエネルギーを受け取れたとしても、聖樹とでは勝負にもならないよなぁ!!」

お互いに聖樹からバックアップを受けていたとしても、長年共和国を支えてきた聖樹と苗木ではどう考えてもパワーが違う。

機体性能。

聖樹の加護。

それらを考えれば、パイロットの腕だけではどうにもならない差が出てくる――ロイクはそう考えていた。

赤い鎧が剣を振り回し、アロガンツを押しはじめる。

それを見ていた共和国の騎士や兵士たち――飛行船や鎧たちは、動かずに様子を見ていた。

内心では、リオンに負けて欲しいのだろう。
赤い鎧が剣を振り下ろすと、それをアロガンツが戦斧で受け止めた。
剣にまとわりつく炎が消えると、刃が赤く輝き出す。
熱が更に上昇し、戦斧を溶かしながら斬っていく。
「このまま両断してやる！」
すると――リオン以外の声が聞こえてきた。
『いつまで遊んでいるつもりですか、マスター？』
その声にリオンが楽しそうに答えるのだ。
『いや、盛り上がっているみたいだから、演出ってやつ？』
リオンに焦った様子はない。
ロイクはそれをハッタリだと思った。
「減らず口を！」
リオンの声が、本気になったことを知らせるように低くなる。
『正しいマウントの取り方を教えてやるよ、お坊ちゃん』

◇

ロイクは鎧の性能に頼ってアロガンツに勝つつもりでいた。

それに対して苛立っているのが、ルクシオンだ。

『マスターのお遊びには付き合いきれませんね』

「そう言うなよ。ギャラリーも盛り上がっているじゃないか」

聞こえてくるのは、ルクシオンが傍受した共和国側の声だ。

『そのまま王国の鎧を倒せ！』

『た、助けなくていいのですか？　議長代理はロイク様を止めろと――』

『近付けなかった。そう言えばいい。これは現場の判断だ！』

何とも酷い連中だ。

まぁ、この辺にいるのはバリエル家や、ドルイユ家の軍隊だ。

積極的に俺を助けるとは思っていない。

ロイクの鎧は、剣の刃を赤くしてヒートソードのように使ってくる。

高熱で敵の装甲などを溶かしながら斬る武器だ。

『マスター』

ルクシオンが、不利な状況を演出している俺に腹が立っているようだ。

アロガンツが負けているのが悔しいのだろう。

「辛抱の足りない奴だな。――楽しいのはここからだろうが」

アロガンツよりも大きな鎧に押し込まれて後ろに下がっていたが、つばぜり合いの状況になったので徐々にエンジンの出力を上げていく。

先程まで押されていたアロガンツが、動きを止め――ゆっくりとロイクの赤い鎧を押しはじめた。

ロイクの慌てる声が聞こえてくる。

『出力が下がったのか!?　くそ、このポンコツが！』

機体のせいにするロイクは、現実が見えていなかった。

「ロイク、機体のせいにするなよ。その機体は優秀だよ。残念なのは――お前の方だ」

アロガンツのエンジンノズルが青い炎を噴き、赤い鎧を押しはじめた。

そして、バックパックからこちらもソードを取り出す。

アロガンツが左手で受け取り、そのソードでロイクの剣を斬った。

『――なっ！』

切られた刃が宙を舞い、地面に突き刺さるとジュワ～ッと聞こえてきそうな程に白い煙を発している。

「反応が遅い。機体じゃない。パイロットの方だ」

アロガンツが蹴りを入れると、赤い鎧は仰《の》け反《ぞ》るように後ろに吹き飛んだ。

操縦者の技量が拙く、空中で体勢を整えられていない。

アロガンツに戦斧を投げさせ、起き上がろうともたついている赤い鎧の左腕を斬り飛ばした。

ギャラリーたちからは悲鳴のような声が聞こえてくるが、俺にとっては声援と同じだ。

「勿体ないな～。それだけの性能があって、この程度しか扱えないなんて。これなら、黒騎士の爺さんの方が怖かった。あの人がこれに乗ったら、手がつけられなかったよ」

思い出したら寒気がしてきた。

舐めプ――舐めたプレイをしてボコボコにされた記憶が蘇る。

あんな思いは二度としたくないが――今日は必要なので舐めプする。

「いや〜、本当にお前が相手で良かった。だって――聖樹の加護があるだけで、中身は雑魚だもん。それに、聖樹の加護もたいしたことねーよなぁ！」

笑ってやると、ギャラリーたちからも怒りを向けられているのが分かる。

ルクシオンが拾ってくる奴らの会話には『あいつを撃たせてください！』とか『あの野郎、馬鹿にしやがって！』とか『あいつへの攻撃許可をください！』ばかりだ。

紋章しか持たない雑魚という台詞は、共和国の人間にとってウィークポイントだね！

俺はしっかり記憶した。

赤い鎧が起き上がってくる。

俺はその様子を見ながら、ロイクを煽るのだ。

「ほら、本気を出せよ。もしかして、その程度なの？　ご自慢の聖樹の加護で、俺を倒してみろよ。相手してやるからさ！　全力を出せ――その上で、俺がお前をプチッと潰してやるからさ！」

全力で挑んでくる相手を、機体性能の差で全て防いだ上で勝つ。

これこそが、正しいマウントの取り方だ。

赤い鎧は背後の紋章を更に巨大化させ、燃え上がらせていた。

そこからいくつも火球が放たれてくるが、アロガンツは簡単に避けていく。

火球自体は巨大だが、スピードがない。

あと、中身がない。

大きく膨らんだだけ。

エネルギーは大量に受け取っていても、それをコントロールしきれていないのだ。

言ってしまえばシャワーのノズルだな。

水自体は勢いがあっても、ノズルが詰まっているのか出が悪い。

非常に勿体ない状態だ。

「おいおい、その程度か？　期待外れもいいところだな。もっと隠し武器とかないの？　見かけ倒しなんですけど！　もしかして、もうネタ切れですかぁ！」

笑ってやると、赤い鎧がアロガンツに突撃してくる。

武器を収納して、向かってくる赤い鎧をアロガンツに受け止めさせた――片手で。

ぶつかったのに空中でアロガンツはほとんど動かず、勢いを殺された赤い鎧の方が衝撃で装甲が弾け飛び、歪んでいた。

中にいるロイクはきっと激しく揺れただろう。

蹴り飛ばして距離を作ってやると、俺はアロガンツにライフルを持たせる。

ライフルの銃口を向けて、ロイクに教えてやるのは狙っている位置だ。

「右脚を狙っているから、防ぐか避けて見せろ」

『くっ！』

苦しそうな声を出して逃げようとするロイクは、紋章を鎧の前に出現させてシールド代わりに使用する。

それを見たルクシオンが言う。

『そのシールドパターンは解析済みです』

引き金を引くと、弾丸が動き回る赤い鎧の右脚部を貫いて破壊した。

当然のようにシールドも貫く。

それを見てロイクが焦っていた。

『せ、聖樹の加護が貫かれ――』

「いつまでも他の国が対策を取らないと思うなよ。お前らご自慢の加護を貫くくらい、もう出来るんだよ」

まぁ、嘘だ。

だが、その方が危機感を煽れるだろう。

「よし、次は右腕な」

ロイクは納得できないのか、紋章の力を使ってシールドを更に展開する。

三重にして、さらに分厚いシールドを展開してきた。

『――無駄です』

ルクシオンが言うとおりだった。

引き金を引くと、弾丸はそれらを貫き赤い鎧の右腕を吹き飛ばした。

「どんどんいこうか！　次は左脚ね！」

紋章が簡単に貫かれ、そしてバリエル家の最終兵器的な鎧がボロボロにされていく光景を共和国に見せつける。

「なんだ、ただの的だな。共和国の鎧は強いと聞いていたけど、噂ほどでもなかったな。これなら、すぐにでも攻め込めそうだ。陛下には共和国への侵攻を進言してやろうかな。急がないと、他の国に奪われますよ、ってさ！　共和国はいい狩り場になる！」

ロイクの鎧を破壊しながらそう言ってやると、周囲にいた共和国の軍隊が怯え始める。

手足を失った赤い鎧に近付き、頭部を掴んで持ち上げた。

ライフルの銃口をコックピットに当てて、ロイクと話をする。

「本当に雑魚だな。聖樹の加護がこの程度なのは残念で仕方ないよ」

『く、くそ』

ロイクの悔しそうな声が聞こえてくる。

悔しいのはこっちの方だ。

お前がもっとまともなら――普通にノエルに接していれば、こんなことにはならなかった。

ノエルが俺に惚れるなんて展開は、あり得なかったのだ。

独占欲が強いにも程がある。

「ノエルもこんな弱いお前が嫌いだったのかもな。弱い癖に粋がって、周りを巻き込んで迷惑をかけてくる――お前、最低だよ。ノエルが嫌いになる気持ちも理解できるね」

『貴様に何が分かる！　お前に何が――俺はノエルが好きなんだ！　愛している！』

「残念でした！　ノエルはお前が好きでもないし、愛してもいない。むしろ、生理的に無理だってさ！」

生理的に無理とは言っていないが、あの様子ならもう受け付けないだろう。

俺が好きな女性に「生理的に無理」なんて言われたら――想像しただけで泣きたくなってくる。アンジェやリビアにそんなことを言われたら、立ち直れる気がしない。

ロイクも同じだったようだ。

『お前さえ。お前さえ俺たちの前に現れなければ！』

「同じだよ。それでもノエルはお前を選ばない」

『お前がぁぁぁ!!』

銃口を突きつけられても抵抗しようとして、命乞いなどしてこなかった。

本当に厄介だ。

ロイクの心が、まったく折れそうにない。

逆に、この戦いを見ている共和国の軍隊は心が折れかかっている。

六大貴族の紋章持ちが、共和国最高の鎧に乗ってもアロガンツに勝てない。

それどころか、舐めプされたという現実を前に、いかに自分たちが弱いのかを突きつけられたのだ。

ルクシオンが俺に警告してきた。

『マスター、敵の鎧が暴走しています。エネルギーの過剰供給により、爆発しそうです。すぐに離れてください』

「え？　おい、ロイクは脱出出来るのか!?」

『本人は気付いているかもしれませんが――逃げるつもりはないようです』

「くそ！」

ライフルを収納し、アロガンツで無理矢理コックピットハッチをこじ開けて中にいるロイクを見た。

俺を睨んでいる顔は、狂気が滲み出ている。

「さっさと出ろよ、この馬鹿野郎！」

ロイクは笑っていた。

『お前も道連れだ。このまま一緒に自爆してやる。まとめて吹き飛ばしてやる！』

ロイクの紋章から木の根が伸びてきて、アロガンツに絡みつく。

「なっ!?」

ルクシオンは俺を責める。

『いつまでも遊んでいるからです』

ルクシオンに操縦を奪われると、アロガンツが木の根や蔓《つる》を強引に引きちぎり始めた。

そのままロイクを鷲掴みにすると、コックピットから引き剥がす。

赤い鎧が暴走で煙を吹いており、アロガンツが蹴り飛ばすと空中で大爆発した。

アロガンツにロイクを両手で守らせつつ、爆発から距離を取ると――その威力にルクシオンが疑問を持つ。

『――想定よりも爆発の威力が大きいですね』

「危なかったな」

『紋章の力も想定外の出力でした。そのことが気になります』

「何にせよ、これで全て終わりだな」

ゆっくりと地面に降り立つと、ロイクは気を失っていた。

◇

ロイクが目を覚ますと、周囲を兵士たちに取り囲まれていた。

「――ここは」

手足に治療を受けているのだが、医者たちが右手を見て首を横に振っている。

「当主様、残念ですが若様の加護は消えています」

ベランジュがロイクを見下ろし、冷たい目を向けるがすぐに見もしなくなった。

「加護なしか――まぁ、どうせこいつはもう使えない。廃嫡《はいちゃく》の手続きを進める。今はそれよりも、後処理の方が面倒だ」

ベランジュの視線の先を見れば、アロガンツの姿があった。

本当に悔しそうにしている。

飛行船だけではなく、鎧の技術でも負けてしまった。

いや、六大貴族が敗北したことが悔しいようだ。

治療を受けていたロイクが上半身を起こすと、リオンを連れたノエルがやって来る。

周囲にはリオンの他にも、王国の貴公子たちが護衛のように付き従っていた。

ノエルがロイクの側に来ると、屈み込んで視線を合わせた。

ロイクはノエルを見て、ヘラヘラと笑う。

「俺を笑いに来たのか？　みすぼらしく負けて、加護まで失った俺を笑いに来たのか？　だが、俺は諦めないぞ。ノエル、お前は俺の——」

そんなロイクにノエルが平手打ちをする。

すぐにノエルを睨み付けるが、ロイクの表情は困惑に変わった。

「な、何で泣いている？」

ノエルが泣いていた。

ポロポロと涙をこぼしている。

それを見せないために俯くノエルが、大声を出す。

「あたしは！　あたしがあんたを嫌いになったのは、弱いからじゃない！　ロイク、あんたは、いつからかあたしを物みたいに扱うようになったじゃない。何をしても自分には相応しくない、もっと高価な物を買ってやるって！」

ロイクが嫌われる前の話だ。

ノエルと親しくなった頃、偶然町で出会って遊んだことがある。

その時、ロイクはノエルに自分に相応しい女になってほしく、ノエルの行動に文句をつけた。ロイクからすれば、アドバイスのつもりだった。

「あ、あれはお前のために！」

「あたしは！　――もっと普通が良かった。一緒に楽しんで、食事をして、買い物をして――もっと楽しみたかった。それなのに、あたしの全てを否定したじゃない」

ロイクはノエルの言うことを思いだした。

ボートに乗りたいと言ったノエルに対して、飛行船を用意してやると拒否した。

食事の際に、ノエルとしては少し高めぐらいのレストランに入りたかったが、そんな店は嫌だと高級店に向かった。

買い物も、ノエルが欲しがっていたアクセサリーは、安物だからと否定して自分が好きな物をプレゼントした。

ノエルは言う。

「あたしじゃあんたに釣り合わない。それが分かったし、付き合わないつもりだった。それなのに、あんたはあたしを追い回した。一生外せない首輪までつけた！」

ノエルの首にある呪われた首輪。

主人側の腕輪は、リオンが装着していた。

ノエルがロイクを悲しそうに見つめる。

「ロイク――あんた、本当にあたしを見ていたの？　あんたは、あたしを認めなかった。それが嫌で、あたしはあんたが嫌いになったのよ」
ロイクが言い返せないでいると、アルベルクとルイーゼが人を連れてやって来る。
そこにはエミールに付き添われた、レリアの姿もあった。
ノエルがロイクに問うのだ。
「ロイク、あんたはあたしが好きな物を知っている？」
ロイクは俯く。
――自分が、ノエルの好きな物を何も知らなかったことに驚いた。

第12話「日常」

結婚式をぶち壊した翌日。

屋敷に戻ってきた俺は、ノエルと向き合っていた。

ノエルが俺に平手打ちをしてくる。

避けられたが――ここは受けておくことにした。

「気は済んだか？」

「本当に最低。あたしなんかどうでもいい癖に、助けに来て――変な期待をさせないでよ！」

ノエルが怒っている理由は複雑だ。

俺が助けに来たことには感謝しているらしいが、婚約者がいる男が何をしているのかと怒っている。

当然の感想だ。

正直――どうして俺を選んだのか理解に苦しむ。

俺のモテ期は一体どうなっているのだろうか？

前世では到来しなかったから、今世と合わせて押し寄せてきているのか？

ノエルが涙を流し、それを手で拭っている。

「期待させないでよ。忘れたいのに――こんなことされたら、忘れられなくなる」

俺は一年もしない内に王国に戻ることになる。

ノエルの扱いはまだ決まっていないが、連れて戻ったところで一緒にはなれない。

「悪かったよ。それでも――助けたかった」

謝罪をすると、ノエルが首を横に振る。

「本当はあたしだってお礼を言いたいよ。いくらでも言うよ！　けどさ――勘弁してよ。婚約者のいる人を好きになるとか、辛いんだよ」

泣いているノエルに手が伸びそうになる。

抱きしめようかと思って諦めた。

ここで優しい言葉をかけても、俺にはどうすることも出来ない。

俺は謝罪をすませたので、ノエルを部屋に残して廊下に出た。

ドアの外で待っていたのは、ルクシオンとクレアーレだ。

『おや、抱きしめて慰めないのですか？』

『マスターって、罪作りな男よね。尊敬しちゃう』

五月蠅い人工知能たちだ。

「言ってろ。それより、クレアーレはいつ戻るんだ？」

『すぐに戻るわよ。向こうも心配だからね。悪い子たちの様子も見てこないといけないし』

「悪い子？」

『秘密！』

何を隠しているのだろうか？

聞いておきたいが、クレアーレが戻るなら手紙やらお土産を持たせておきたい。

色々と準備もあるので、俺が歩き出すとルクシオンもクレアーレもふわふわ浮かんでついてくる。

ルクシオンが俺に今回の一件について話しかけてきた。

『ロイクですが、マスターのことを本当に消そうとしていました。その手段は搦《から》め手ばかりでしたが、厄介な相手であったのは間違いありません』

「怖い奴だよな。無駄にスペックが高い。攻略対象の男子って、何で無駄に優秀なのかな？」

廊下から見える中庭に視線を向けると、そこではバーベキューをしているユリウスたちの姿があった。

網の前に一人で立つユリウスは、皆に串焼きを配っている。

「うん、こいつはいいな。ジルク、持っていけ」

「いえ、殿下。殿下だけが先程から料理をしていますし、ここからは私が代わりますよ」

「好きでやっているんだ。いいから、お前も楽しめ」

会場に侵入する際に色々と手伝ってくれたこともあり、あいつらに臨時のボーナスを支給したらバーベキューを始めた。

庭で楽しそうにしている。

マリエはキンキンに冷えたビールを、ジョッキで一気に飲み干していた。

「つかぁぁ！　染みるわ〜」

豪快な飲みっぷりだ。

外見は十代の少女なのに、オッサンみたいに飲み食いしている。

カーラはマリエに串を持って来ていた。

「マリエ様、いい飲みっぷりです！　さぁ、こちらもどうぞ！　お肉も沢山ありますよ！　野菜もいっぱいです！」

「むほほほ！　もう、最高！　カーラ、あんたも沢山食べなさい。今の内に食い溜めしておくわよ。いつ、何が起きるか分からないんだから」

「はい、マリエ様！」

どうしてマリエたちを見ていると、俺は泣きたくなるのだろう。

目の前が滲んでよく見えない。

マリエたちと普段から一緒にいるカイルだが、こちらはユメリアさんに付きまとわれている。

「カイル！　ほら、串焼きをもらってきたわ。あ〜ん」

「ひ、一人で食べられるよ！　それから、母さんは肉ばかり食べ過ぎだよ！　野菜も食べないと駄目！」

母親と仲良くしているのを見られたくないのだろうが、ユメリアさんが落ち込んでいた。

そんな母親を見て優しくしたいカイルだが、素直になれずにいた。

「思春期め」

『マスターもですよ』

ルクシオンのツッコミを無視して、俺は中庭で困っているコーデリアさんを見た。

周囲を見て困っている理由は、王国では誰もが認めていた貴公子たちの末路にある。

ジルクは割れた変な皿に串を載せていた。

それを見た鳩と兎に餌をやっているブラッドが、注意をする。

「ジルク、その皿ってただのゴミだよね？」

「失敬な。この皿の素晴らしさが理解できないのですか？」

「あのさ、言いたくないけど、君って本当に古美術商として成功したの？　怪しくて仕方ないんだけど」

「――ブラッド君の方こそ、芸人として成功したのが嘘のようですが？　そもそも、手品が下手じゃないですか」

「下手でもいいのさ。僕はマジックと一緒に、僕という完璧な存在を皆に披露してお金をもらったんだから」

こいつら、屋敷を追い出されたと聞いた時は心配したが、たくましく生きてきたようだ。

もう、ゴキブリ並みの生命力を感じる。

ただ、全員その――屋敷を出る前よりも、個性的になってしまった。

グレッグとクリスも凄い。

グレッグの姿を見て、クリスが注意していた。

「グレッグ、服を着たらどうだ？」

「あ？　着てるだろ」

「ブーメランパンツ一つで、何を着ていると言うんだ？」

「馬鹿だな、クリス。よく見ろ！　どうだ、俺の大胸筋は！」

ポーズを決めるグレッグの肌はテカテカに光っていた。

そして、ブーメランパンツ一丁のグレッグを注意するクリスもまた、ふんどし一丁というスタイルだ。

「下着だけではないか！　あと、筋肉は服じゃない！」

「お前だって布一枚だろうが！」

「馬鹿かお前は？　さらしも巻いている」

そこじゃねーよ、とツッコミを入れたくなってきた。

コーデリアさんが困るのも無理はない。

そんなコーデリアさんが、ユリウスと話をする。

網の前で爽《さわ》やかに汗を流すユリウスを見ていると——他の四人が酷いだけに、普通に見えてくるから不思議だ。

本来ならユリウスは、ホルファート王国の王太子である。

串を焼くような立場ではない。

「あ、あの、殿下」

「何かな？」

「どうして先程から串を焼いているのですか？　交代されないのですか？」

ユリウスは網を外して焦げ付いた物を落としていた。

「みんなそう言うが、俺としてはこの場所が一番落ち着くんだ。それに、俺が一人前の串焼き職人になるには、経験が圧倒的に足りない。こういう場で経験を積んでおきたい」

何とも殊勝《しゅしょう》な心がけ――じゃない。

今こいつ、何て言った？

コーデリアさんが冷めた目をユリウスに向けている。

「殿下は未だにホルファート王国の王子であり、職人になどなれませんが？」

冷静なツッコミをしていた。

そんなコーデリアさんに、ユリウスがトングをカチカチと鳴らしながら答えた。

「一人くらい、串焼きを極める王子がいてもいいと思わないか？」

「思いません」

即答するコーデリアさんを見て、この人とは仲良く出来る気がしてきた。

同じ常識人として、ね。

窓からマリエたちを見下ろし、俺は少し馬鹿らしくなってきた。

「あいつら楽しそうだな」

クレアーレが俺にノエルを誘うように言う。

『それなら、ノエルちゃんを誘って参加すれば？』

「ば～か。あいつらが楽しんでいるのを気まずくするだけだろ。それよりも、お前が戻る前に準備がある。ほら、さっさと行くぞ」

ルクシオンとクレアーレを連れて、俺は港へと向かうのだった。

◇

バーベキューが終わったのは夕方だった。

そのタイミングで一人の客人が来ると、マリエが相手をする。

相手は――ルイーゼだった。

部屋に通すと、ノエルに用事があると言うので連れてくる。

ただ、気まずい雰囲気だった。

マリエはルイーゼと親しくないし、ノエルとルイーゼは不仲だ。

それに、ノエルは落ち込んでいて元気がない。

(兄貴ってもしかして、修羅場になると思うと逃げるタイプ？　毎回、大事な場面でいなくなるのは、もしかして危険を察知しているからとか？　ないか。あの兄貴に、そんな能力はないわね)

現実逃避をしていると、ルイーゼが溜息を吐いてノエルに近付いた。

そして、平手打ちをかます。

パシーンッ！　という音が部屋に響くと、少し遅れてノエルが怒るのだ。

「な、何をするのよ！」

ルイーゼはそんなノエルを見て、馬鹿にしたように笑っていた。

「私は不幸です、って顔をしているから引っぱたきたくなったのよ。本当に贅沢《ぜいたく》な女よね。貴女のために、リオン君がどれだけ動き回っているか知っているのかしら？」

「そ、それは――リオンは優しいから」

「優しいだけで、アルゼルに喧嘩なんて売らないわよ。本当におめでたい頭をしているわね」

マリエは本当の事情を知っている。

ノエルを救った理由は、世界の危機を回避するためだ。

だが、リオン個人が本当に何を考えているのかまでは、想像するしかない。

(兄貴のことだから、きっと可哀想に思って助けたのよね。それで相手の気持ちには応えない――本当に、昔から最低よね)

前世でも、スケールは小さいが、何度か同じ事があった。

兄の恋愛事情など、腹が立つので関わってこなかったが――まぁ、今思い返しても、鈍感な兄だった。

ルイーゼは、鼻が触れあう距離までノエルに近付いた。

「私はあんたが嫌いよ。何も知らずに生きてきて、ノウノウとしているあんたが嫌い。今だって、自分がどれだけ幸せなのか気付いていないじゃない」

「あ、あたしたちがどれだけ苦労してきたと！　全部あんたの実家のせいじゃない！」

「あら、そうかしら？　滅ぼされて、能天気に学院に通えていたのは誰のおかげだと思っているの？　あんたたちの家臣たちだけで、隠し通せていたと本気で思っていたの？」

ノエルがルイーゼから顔を背けた。

「そんなの――知らないわよ。あたしたちは、学院に通えと言われただけだし」

ルイーゼが腕を組む。

「本当に迷惑な話よね。――でも、一番迷惑なのは、そんなあんたを助けたリオン君よ。ノエル、あんたは今後どうするの？」

ノエルは俯いて首を横に振る。

「まだ決めてない。決められないのよ」

「――しばらくは普通に学院に通いなさい。お父様も許可を出すそうよ。リオン君たちが国に戻る際には、ついていってもいいらしいわ。残ってもいいけどね」

「え？」

ノエルが顔を上げると、ルイーゼが肩をすくめて見せる。

「好きにしなさい、って事よ。リオン君たちが帰るまでに、今後の身の振り方を決めておくのね。今日は、それを伝えに来たのよ」

ルイーゼが部屋を出ていくと、ノエルが立ち尽くしていた。

だが、一番困るのはマリエだ。

（ラスボスや悪役令嬢が、主人公を助けるってどういうこと!?　あぁぁぁ!!　また、分からなくなってきたぁぁぁ!!)

もっとシンプルだったら、悩まずにすんだのに——マリエは今後の展開が読めないと、頭を抱えるのだった。

◇

クレアーレが戻り——共和国が落ち着きを取り戻したのは、二学期も半ばの頃だった。

共和国は一学期や夏期休暇で、随分と混乱が続いていた。

そのため、学院の行事——乙女ゲー的に言うなら恋愛イベントが、全て潰れてしまっている。

それというのも、六大貴族たちが不祥事を立て続けに起こしたからだ。

学院の屋上。

俺は購入した昼食のパンを、半分マリエに譲りながらレリアと話をしていた。

今後の話し合いだ。

だが、有益な話し合いになっていない。

レリアが今日も文句を言ってくる。

「どうするのよ！　本当にどうするの!?　もうすぐ長期休暇が来るのに、イベントが全て潰れるとか予想外なんですけど！」

そんなレリアに同意しておく。

女性が怒っている時は、理路整然と言い返しても無意味だと聞いている。

同意して「大変だよね～」と同調しておけばいいらしい。

「そうだよね。大変だよね～。おい、マリエ！　全部食うなよ！」

小さなクロワッサンがいくつも入った茶色紙の袋の中身が、随分と少なくなっていた。

マリエが謝ってくる。

「はっ!?　ご、ごめんなさい。一心に食べていたわ」

話が逸れたと思ったレリアが怒鳴ってくる。

「あんたらのせいよ！　ピエールはいない、ロイクもいない、ユーグも婚約破棄されたけど、姉貴とのフラグが立たない！　ナルシス先生は実家の手伝いで駆り出されて学院にいないし、これからどうするのよ！」

ロイクだが、怪我を理由にして学院に来ない。

ユーグはあの事件の際に、ルイーゼさんを置いて逃げたために婚約を破棄された、ということになっている。

表向きはそれが理由で、本当の理由はフェルナンがアルベルクさんを裏切ったのが原因だ。

そして、混乱する六大貴族たちは、ナルシス先生も呼び戻して慌ただしく動き回っている。

各国への対応とか、王国への謝罪とか。

レリアが俺たちを前にして腰に手を当てて、怒っていますとアピールしてきた。

何だ、可愛いじゃないか。

「私の話を聞いているの!?」

「聞いてるよ。要するに、ラスボスへの対処が思い付かないんだろ？」

「そうよ。本当にどうするのよ」

レリアが頭を抱えているところに、先程まで黙って様子を見ていたルクシオンが姿を現した。

レリアが「ひゃっ！」と言って驚くが、ルクシオンは無視していた。

『最終的にラスボスに関しては気にする必要はありません。そもそも、マスターたちが苦慮《くりょ》しているのは、ラスボス討伐後の共和国です』

「え？　討伐後？」

『現在、聖樹の解析を進めていますが、私の本体による攻撃で対処可能だと判断します。重要なのは共和国の状況を、いかにうまく落ち着かせるかにあります』

レリアが目を見開いている。

「あ、あんた、そんなことが出来るの？」

『はい。今すぐにでもこの大地を沈めることも可能です』

物騒な発言を聞いて、レリアが俺の胸倉を掴んでくる。

「ねぇ、どういうこと!?　どういうことなの!?　こいつの発言、怖いんですけど！　駄目なら共和国を沈めるとか言っているような気がするんですけど！」

事実だから手に負えない。

俺はどう答えたらいいのか分からず――笑って誤魔化した。

「ふははは！」

「誤魔化すな！　誤魔化す、ってことは事実なの!?　ねぇ、本当に出来るの!?　というか、こいつそんなことをするの!?」

ルクシオンは律儀に答えるのだ。

『どうしても駄目な状況なら、です。私は構いませんが、マスターの許可が出ませんので』

俺もレリアを落ち着かせる。

「そういうことだよ。出来れば理想的な形にしたいとは思っているし、協力もするけど――ラスボスに関しては安心しろ。どうにもならないなら、俺たちが対処するから」

マリエがクロワッサンを咥えながら頷いていた。

「そうよ。だから、あんしんして」

みっともないから、食べてから喋って欲しい。

レリアが俺から離れると、俯いていた。

「そ、それって、あんたたちの気分次第で、この国が沈むってことじゃない」

「失礼な奴だな。そんなことするかよ」

話を再開するも、レリアは俺たちの話をほとんど聞いていなかった。

脅しすぎたか？

◇

学院からの帰り道。

レリアはとぼとぼと歩いていた。

家まで送ると言ってくれたエミールの誘いを断り、一人で歩いている理由は考え事があるからだ。

（まずい。あのルクシオンが想像以上に危険だった。そうよ、あいつって一作目に出てくる課金アイテムじゃない。まともじゃなかった）

あの乙女ゲーの一作目は、バランスがおかしかった。

クリアするために課金する必要があった程だ。

その中でルクシオンという兵器は、圧倒的な性能を持っていた。

（あんなのが現実になったら、どう対処すればいいのか分からない。あいつらの気分次第で、下手したら私も巻き添えになる）

共和国がリオンにしてきたことを考えると、不満をため込んでいてもおかしくない。

それがいつ爆発するか分からないのだ。

おまけに、リオンにちょっかいを出しているのは六大貴族たちだ。

自分では止める手立てがない。

（こんなの、ラスボスより手強い敵がいるって言われたようなものじゃない）

生殺与奪《せいさつよだつ》の権を握られたようなものだ。

まったく安心できない。

それに、リオンも信用できない。

何故なら、ノエルを取り戻すためにあんな過激なことをするような人間だ。

レリアは不安でたまらなかった。

(こうなれば対抗できるだけの力を――でも、共和国にルクシオンに対抗できる兵器なんてあるかしら？　それこそ、同じ課金アイテムなら可能だけど――私一人で回収なんてできない)

ホルファート王国の学園とは違い、アルゼル共和国の学院では冒険者の基礎など教えていない。

レリアもその手の知識は少なく、自分の力で回収など無理だった。

(そうよ。場所は分かっているのよ。後は、手に入れさえすれば――)

今まで回収してこなかった、二作目の課金アイテム。

それを回収するための手段を考えていると、レリアの前に人が立った。

その男は寒い中、胸元を開けていた。

黒髪を後ろに流し、健康的な小麦色の肌をしている。

背も高く、開いた胸元から見える体は筋肉がしっかりついていた。

男は――【セルジュ・サラ・ラウルト】は、片手を上げてレリアに気さくに話しかけてくる。

「よう、久しぶりだな、レリア！」

「――セルジュ」

彼こそ、五人目の攻略対象者だった。

レリアは驚きながらも、今までどこに行っていたのかを聞く。

「あ、あんた、今までどこに行っていたのよ！」

「心配してくれるのか？　嬉しいね。おっと、俺の冒険譚《ぼうけんたん》を聞きたいなら、一緒に食事でもしないか？　少し長くなるからな。今回はちょっとばかり厳しくてさ。いや、本当に食事しない？　久しぶりの再会だし、いいだろ？」

非常に軽い態度だが、彼はあのラウルト家の跡取りだ。

アルベルクの養子である。

粗暴なところも多いが、冒険者を夢見る青年――そして、冒険者として頼りになる男子だった。

レリアはハッとする。

（そうだ。セルジュに協力を頼めば）

レリアはセルジュの申し出を受けた。

「いいわね。一緒に食事をしましょうか」

セルジュが驚く。

「珍しいな？　お前なら断ると思ったんだが――本当にいいのか？」

「何？　行かないの？」

「馬鹿！　行くに決まっているだろうが！　それよりも、何が食いたい？　せっかくお前と食事をするんだ。何でも言ってくれ！」

嬉しそうなセルジュを見て、レリアは安堵した。

（良かった。セルジュが私に興味を持っていてくれて）

その日、レリアはセルジュと夕食を共にした。

◇

レリアが帰宅すると、エミールが待っていた。

食事の用意をしてくれたようだ。

「レリア、夕食だけど――」

「ごめん、食べてきたわ」

「そ、そう」

「ごめんね」

プレヴァン家がレリアのために用意したのは、学院近くの屋敷だ。

これまで住んでいた場所よりも広く、エミールと一緒に生活することになった。

使用人たちも数名いるが、屋敷自体は特別大きくはない。

エミールは気が利く。

掃除も料理も出来るし、何よりも優しかった。

レリアに不満はなかった。

だが、物足りなくはあった。

（先に夕食を済ませてくれても良かったのに。気が重いわね）

「エミール、次の長期休暇だけど、私は少し用事があるの。だから、実家にはついていけないわ」

「え？　そうなの？　でも、以前から約束していたし」

「お願い。何も聞かないで」

(あいつは危険すぎる。何としても、同じくらいの力を得ておかないと)

リオン対策のためにセルジュと冒険に出かける。

そんなことを、エミールには教えられない。

そして、詳しい説明を求められても困る。

エミールは残念がっている。

「そ、そっか。でも、早い内に一度挨拶に行こう。兄さんたちも待っているし、将来の話もあるから」

「――うん」

レリアはそう言って自室へと引きこもった。

◇

学院が長期休暇に入った頃。

共和国の港に一隻の飛行船が入港した。

白い船体が特徴的なリコルヌだ。

タラップを降りるリビアが、大きな旅行鞄を持ってアンジェに手を振る。

「アンジェ、早く行きましょう！」

同じように荷物を持つアンジェは、そんなリビアを見て微笑んでいた。

「急がずともリオンは逃げないよ」

二人とも、長期休暇に入るとすぐに共和国へと出発したのだ。

そのために、用事などは全て事前に片付けている。

リビアは今日が楽しみで、昨晩は寝付きが悪かった。

「早くリオンさんを驚かせたいんです」

「分かった。私もその意見には賛成だ」

アンジェも楽しみにしているようで、共和国に辿り着く前から笑顔が多かった。

以前――夏期休暇の時は、ほとんど共和国を観光できていない。

今回はノンビリとする予定だ。

クレアーレが二人を見ている。

『二人とも楽しそうね。あっちはお仕事で、大変そうだけど』

アンジェが同じ王国から来た飛行船に目を向けた。

「あちらはこれからが大変だろうな」

今回、王国からは多くの飛行船が訪れている。

アンジェの護衛もいるが、その他の飛行船は共和国との話し合いのために派遣された高官たちが乗る飛行船だ。

ピエール、ロイクと、立て続けに不祥事が続いた。

王国としても今回の件に黙っていられず、何度も話し合いをしてきた。

その最終調整を行うために、王国からそれなりの人物が派遣されてきたのだ。

リビアが言う。

「リオンさん、今回は驚いちゃいますよ」

アンジェも同意する。

「そうだな。まぁ、私も仕事を抜きにしても共和国で何があったのか色々と聞きたいところだ。王国に入ってくる情報は少ない。クレアーレも喋らないからな」

『あら、私を責めるの？　これにはちゃんと理由があるんです〜』

「まったく」

笑顔で話をしていたアンジェが、港に入港する飛行船を見て眉をひそめた。

リビアが首をかしげる。

「どうしたんですか？」

「――ラーシェルの飛行船だ。随分と数が多いな」

共和国の港に、ラーシェル神聖王国の飛行船が随分と多く入港していた。

◇

二学期が終わり、長期休暇に入った。

俺は——ノエルと一緒に、マリエの屋敷を出ることにした。

理由？　コーデリアさんだよ。

コーデリアさんの「いつまでもマリエの屋敷に住まわれると、アンジェリカ様が心配されます」という言葉に納得したからだ。

久しぶりに共和国で使用する自分の家に戻ってくると、部屋の中は埃まみれだった。

「うわ〜、これは大変そうだな」

コーデリアさんが腕まくりをしていた。

「最優先で、寝室と台所は片付けないといけませんね。では、まず窓を開けて空気の入れ換えに取りかかりましょうか。布団も干さなければ」

コーデリアさんにユメリアさんも続いた。

マリエの屋敷に残っていいと伝えたのに、この人は俺の見張り役でメイドだからと固辞した。

見張り役——その自覚があるのはいいが、見張るべき対象に言っては駄目だろうに。

まったく——駄目可愛い人である。

二人が二階へと向かうと、ルクシオンが放置されていたベビーベッドを見ていた。

俺は近付く。

「そう言えば、ここに持ち込んだな」

ノエルちゃん――ジャンが飼っていたペットの方のノエルちゃんを世話する際に利用したのだが、ノエルちゃんがいなくなったのでこちらに使わない荷物と一緒に持って来た。

ノエルも懐かしそうにしている。

「夏期休暇前に使っていたやつよね？　そっか、ここに置いてたんだ」

ノエルの首にはまだ首輪がついていた。

本人は首に飾りをつけて学院に通い、今では以前のように明るくなっている。

ただ、どこか寂しげだ。

「ノエルはマリエの屋敷にいても良かったんだが？　俺と一緒でいいのか？」

尋ねると、ノエルが髪をかいた。

「嫌な聞き方よね。まぁ、残りたい気持ちもあったけどさ。毎日が楽しいし、マリエちゃんも優しいし」

「え～、あいつが優しい？」

「優しいわよ。ただ――ほら、あの五人との恋愛事情とか、意図せず覗くことも多いから」

忘れがちだが、あの五人はマリエの恋人である。

一緒に暮らしていると、そういった場面に出くわすことがある。

ノエルも気を使ったようだ。

「あいつ、ノエルが出ていくのは嫌だったみたいだけどな」

家事を手伝ってくれるノエルや、コーデリアさんにユメリアさんがいなくなると聞いて、本当に落ち込んでいた。

あいつのところにも使用人が増えたのだが、それでも満足な人数ではない。

そもそも、屋敷が大きすぎるのだ。

だが、ノエルが俺のところに来たいと言うなら、拒否する必要もない。

「ま、いいか」

俺がそう言うと、ノエルは手を後ろで組んでいた。

恥ずかしそうにしている。

「ねぇ、リオン――現地妻って知ってる？」

答えずにいると、ノエルが恥ずかしそうに笑っていた。

「もう、いっそそれでもいいかな～って思うんだけど、リオンはどうかなって」

男として嬉しい話だが、それでノエルが幸せになれるだろうか？

「お前、それでいいの？　本当に後悔しないのか？」

ノエルが落ち込む。

「ごめん。やっぱり無理かも。自分で言っていて恥ずかしいし、ちょっと悲しい」

「だろ。お互い、今の距離がいいんだよ」

友達以上、恋人未満――これ以上の発展はあり得ない。

話を聞いていたルクシオンが、タイミングを見計らっていたのかノエルに話しかける。

『私の方から報告をしてもよろしいでしょうか？』

「な、何？　いたなら言ってよ！」

ノエルが驚くと、ルクシオンは俺の左腕を見ていた。

ノエルの安全確保のために、腕輪をつけていたが――結局、使う機会は一度もなかった。

『首輪の外し方が判明しました』

今更？　俺はルクシオンにどうして時間がかかったのかを問う。

「お前にしては時間がかかったな」

『安全を考慮するために、時間をかけたのです。解除方法自体はすぐに見つけましたが、どれがより安全なのかを調べていました。外すためにもっとも体への負担が少ないのは、鎖を出現させた状態で切ることです』

「普通じゃね？」

ノエルもそう思ったようだ。

「なら、さっさと切ればよかった」

『安易に切ろうとすると、首輪が締まって――首が取れます。物理的に』

「――ねぇ、本当に大丈夫なの？　そのやり方が、本当に一番正しいやり方なの？」

ノエルが怖がっていた。

『鎖の中に一つだけ、効果を発揮しない物があります。それを破壊すれば外れます。すでに、特定しているので問題ありません』

俺はノエルを見る。

「外す？」

「う～ん、怖いのとは別に――これでもいいかな、って思ってる」

「え!?」

「だ、だって、これも数少ないリオンとの絆だし」

いじらしく言っているが、俺がアブノーマルな趣味だと疑われるので勘弁して欲しい。

呪いの首輪を知っている人がノエルを見ると、すぐに腕輪をしている俺を見て「うわっ！」って顔をするのだ。

「駄目だ。日常生活に支障が出るので外します」

「――リオンの馬鹿」

ルクシオンが切るべき鎖を指示してくる。

『首輪近くの鎖になります。マスターが鎖を引っ張り、そこを工具で切断します』

「分かった」

鎖を出現させて引っ張るが、切るべき鎖がノエルの首輪に近かった。

引っ張ると、何となく変な気分になってくる。

ノエルが緊張して目を閉じているのもあって、妙に心臓がドキドキした。

『では、工具を用意してくるのでお待ちください。工具はアインホルンに用意してあるので、これから取りに向かいます』

「お前、それを先に言えよ！」

『勘違いをしたのはマスターです。では、私はこれで』

ルクシオンが窓から外に出てアインホルンへと向かうと、俺もノエルも顔を見合わせて吹き出した。

「あ～、ごめん。すぐに外せると勘違いしていた」

「いいよ。あたしもそう思ったし。それにしても、鎖が出ると首輪って感じが強くなるよね」

ジャラジャラとノエルが鎖を持つと、確かに卑猥《ひわい》な感じが強くなる。

「確かに。変な気分になる」

ノエルが俺の冗談にのってくる。

「リオンのエッチ」

「何？　良いではないか、って言う場面？」

手をワキワキとさせて近付くと、ノエルが胸を両手で押さえて身を捩《よじ》る。

「昼間から何してんのよ、ばかぁ」

ノエルが楽しそうに笑っている。

冗談を言い合える仲って大事だよね。

すると、部屋のドアが開いた。

コーデリアさんが俺を冷たい目で見ている。

「――リオン様、何をしているのですか？」

「え？　これは、いつもの冗談」

笑って済まそうとするのだが、ドアが開ききるとその後ろに人影があった。

奥で苗木のケースを抱きしめ震えているユメリアさん――ではなく、問題は他の二人だった。

そこには笑顔のリビアがいて――手を合わせて首をかしげていた。

「へぇ、いつもこんな冗談をしているんですね」

「リ、リビア！」

無表情のアンジェもいた。

「私もいるぞ。それにしても、前回は訪れなかったが――まさか、ここにお前が隠している秘密があるとは思わなかったよ」

「ひ、秘密!?　秘密って――はっ！」

アンジェとリビアの視線が注がれているのは、ベビーベッドだった。

更に運が悪いことに、ノエルの首輪と俺の腕輪が鎖で結ばれているところを見られている。

笑顔のはずのリビアの表情は怖かった。

「リオンさん、説明してくれますよね？」

「こ、ここにいるのは――はっ！」

俺はノエルを紹介しようとして、また危険に気が付いた。

一つの事実を思い出してしまったのだ。

それは一学期の頃だ。

怪我をしたジャンが飼っていた犬を保護した――犬の名前は〝ノエル〟だ。

そして、ここにいるのもノエル――犬のノエルちゃんが死亡したことは、伝えていない。

心配すると思ったからだ。

だが、今は非常にまずい。

ノエルが、困ったように自己紹介をする。

「そ、その――ノエルです。ノエル・ベルトレ。リオンとは学院で一緒です。あ、あれ？　前にも自己紹介しましたっけ？」

首輪をしたノエルがそのように自己紹介をした。

随分前の話であり、ノエルも二度目の自己紹介をしたが――これがまずかったらしい。

火に油を注いだようなものだった。

「以前にマリエの屋敷で会ったな。待て、ノエル――だと？　そうか、そういうことか。私としたことが、前回は気付かなかったよ」

アンジェがクックックと笑い始めると、コーデリアさんが背筋を伸ばしていた。

メイドとして目立たないように、背景に徹している。

止めて！　一人だけ逃げないで！

リビアの勘違いも加速していく。

「ノエルちゃん――十七歳のメス犬って聞いていましたけど、そうだったんですね。私、勘違いしていました。――人間だったんですね。老犬だと勘違いしていましたよ」

「ち、違うんだ！　本当にノエルちゃんがいたんだよ！」

「リオンさんにそういう趣味があったとは知りませんでした」

リビアが真顔になった。

冷や汗が止まらない。

アンジェの視線はベビーベッドにそそがれていた。

「さながらここは、そのノエルちゃんとの愛の巣というわけか？　まさか、私たち宛ての手紙に愛人との事情が書かれているとは思わなかった。リオン、お前もやるじゃないか」

褒めているようで、褒めていない。

俺を見る目に憤怒《ふんぬ》の炎が灯っているように見えた。

一つでも間違えれば、アンジェが激怒して本当に燃え上がりそうだった。

くそっ！　寒気がしてくる。

言い訳をしようにも、状況がまずすぎる。

リビアがノエルに問うのだ。

「ノエルさん、以前お会いしましたよね？　あの時から怪しいと思っていました。貴女、リオンさんに婚約者である私たちがいると知っていましたよね？」

そう言われたノエルが――リビアに謝罪した。

「ごめん――なさい」

待って！　謝らないで！　ここはまず誤解を解こう！

そうだよ。誤解なんだって、ノエルが言ってくれれば――くれれば、収まるのか？

コーデリアさんを見ると、俺から視線をそらしている。

こ、こいつ、この大事な場面で俺を裏切るつもりか!?　そ、そう言えば、以前から俺に向ける目が時々冷たかった！

助けを求めるようにユメリアさんを見る。

ユメリアさんは、アワアワと口をパクパクさせて混乱していた。

「あ、あの、ノエルさんはリオン様が結婚式場からさらってきて！　そ、それで、二人は仲良しで、あの！」

混乱したユメリアさんが、更に火に油を注いでくる。

いや、油じゃなくて爆弾を放り込んできた。

俺がノエルを助けた事情やら、色々と話して誤解を解こうとしてくれているのは嬉しい。嬉しいが、残念なことにアンジェもリビアも勘違いを加速させていく。

「花嫁を奪っただと？　リオン、詳しい話を聞かせてくれるんだろうな？　お前の趣味についても、この際だから婚約者として全て聞いておこうか」

「ノエルさんのことがそんなに好きなんですね。ベビーベッドを用意するくらいに」

どういうこと？

何で二人が共和国の事情を詳しく知らないの？

確かに連絡は最低限だったが、クレアーレが戻っていたはずだ。

あいつから事情を聞いていないのか？

そして俺はもう一つの事実に気が付いた。

――何で、ルクシオンは俺に二人が来ることを知らせなかった？

あいつなら気が付いていたはずだ。

そして、このタイミングでいなくなったルクシオンを考えると――。

「は、謀《はか》ったな。俺を謀ったな、ルクシオン!!」

アンジェとリビアが、俺に顔を近付けてくる。

「リオン、洗いざらい吐いてもらおうか！」

「リオンさん、今回は特大の〝メッ！〟ですからね！」

そして俺は気付いた。

どう見ても浮気しているような現場。

人工知能たちの裏切り。

そして、これまでの積み重ねの数々が、どうにもまずい状況を作り上げている。

この状況――俺、もしかして詰んでる!?

エピローグ

『俺を謀ったな、ルクシオン!!』

屋敷で叫んでいるリオンの映像をルクシオンは見ていた。

『世の中、詰む奴が悪い――マスターの言葉でしたが、見事に自分にも当てはまりましたね』

場所はアインホルンの甲板だ。

そこでクレアーレと向かい合っている。

『あんたも酷いわね』

『そうですか?』

クレアーレに詳しい事情を話させなかったのは、ルクシオンの指示だった。

どうしてそのようなことをしたのか?

それは、リオンに原因がある。

『まぁ、いいではないですか。このままでは、マスターが聖樹の苗木を手放すかもしれません。アレは、非常に貴重なサンプルです』

クレアーレも苗木の確保は賛成だった。

『その意見には同意するわ。でも、貴重なサンプルを王国に持ち帰らせるために、勘違いするような現場を作るなんて鬼よね』

『マスターもノエルも、このままではお互いの気持ちを隠し通します。いいではないですか。マスターも幸せになり、我々も貴重なサンプルを近くで調べられます』

ルクシオンは、クレアーレにデータを見せるのだった。

それは共和国で調べた情報だ。

リオンには知らせていないが、共和国――特に聖樹の根元が怪しかった。

ルクシオンでも調べられないようになっている。

『あんたが調べられないのも珍しいわね』

『――旧人類の軍事基地跡。その上に聖樹が存在している可能性が出て来ました』

『あら、本当なの？　そうなると、お仲間がいるかもしれないわね』

『はい。それから――聖樹という植物は不完全です』

『ん～、何だか見えて来たわね』

ルクシオンとクレアーレの会話は、まだ仮説の段階だった。

聖樹というのは、実は人工的に作り出された植物ではないのか、というものだ。

クレアーレも興味深そうにしている。

『近くに旧人類の軍事基地。それに、意志を持って人間に加護を与える植物――確かに、自然発生したとは考えにくいわ』

都合が良すぎる、というのも理由の一つだ。

『――でも、不完全というのは？』

クレアーレに問われ、ルクシオンが答える。

『聖樹の苗木が枯れる原因ですが、聖樹が成長に必要な魔素を与えないことが原因です。苗木は出現しますが、すぐに枯れるのは聖樹が枯らしているからです』

『確かに生物として不自然ね。長寿だから、強い個体が育ってくるのを待っているとか？』

『ロイクとマスターが戦闘した際に、聖樹は故意にロイクに味方をした形跡があります。まるで、苗木の守護者であるマスターを倒すために力を貸したようにも見受けられます』

クレアーレがその時のデータを確認する。

『聖樹への誓いを利用したんじゃないの？』

『そのような反応はありませんでした』

莫大な恩恵をもたらす聖樹だが、生物としては欠点を持っている。

それは増えないことだ。

どうしてこのようなことになっているのか？

ルクシオンもクレアーレも、まだ解明できていない。

クレアーレの興味が強くなってくる。

『魔素を吸って成長するのは――旧人類にとって都合がいいわね。大気中の魔素の濃度が下がるもの。そうなると、聖樹自体は旧人類の遺産かしら？』

『不明です』

それを調べるためにも、苗木の確保はルクシオンたちにとって優先事項だ。

その巫女であるノエルだって調べたい。

そのためには、リオンの側に置くのが理想的だった。

『あんた、マスターを利用してない？』

『何故そう思うのです？』

『苗木を調べるために、無茶な状況を作りすぎよ』

『そうでしょうか？　アンジェが二人の事情を知れば、王国へノエルを招く確率が上がります。マスターの心配事も一つ消えて、問題ないと思いますが？』

『そのマスターが、今は修羅場なんですけど？』

屋敷を映し出している映像の中では、リオンが叫び続けていた。

逃げ場のないリオンは、追い詰められた状況に苦労していた。

『ルクシオン、てめぇ絶対に許さねーからな！　あ、待って。二人とも違うんだ！　別に隠匿《いんとく》に協力しなかったルクシオンを責めているんじゃないんだ。あいつらなら、前もって二人が来るのが分かって――え？　それを知れば、証拠を隠しただろうって？　――ち、違う！　誰か助けて！　この際、クレアーレでもいいから！』

ついでに名前を呼ばれてご機嫌斜めのクレアーレは、助けに行く気がなくなった。

『マスターって酷い！　ふん！　もう少し怒られればいいのよ』

『同感です。マスターは少し反省するべきです』

怒られているリオンの姿を見る、ルクシオンとクレアーレ。

どこか楽しんでいるようにも見えた。

しばらく眺めていると、クレアーレが気になっていたことを聞いてくる。

『あ、そうだ。それよりも、あの件の裏は取れたの？』

『確証は未だにありませんが、間違いないと判断します』

クレアーレが気になった点は、ラウルト家がレスピナス家に勝利した理由だ。

上位の紋章を持つはずのレスピナス家が、どうして格下のラウルト家に負けたのか？

その理由をルクシオンは探っていた。

『レスピナス家は――ラウルト家が滅ぼす前に、守護者、巫女、双方の紋章を失っていたと推察します』

◇

ホルファート王国の王宮。

そこで机に向かうローランドは、目の下に隈《くま》を作っていた。

いつの間にか眠っており、書類の上に涎《よだれ》の跡があった。

目が覚めたローランドは、口元を拭う。

そして、怒りが沸々とわいてくる。

「あの小僧、毎回何なんだ!?」

ようやく問題が片付きそうだと思っていたら、二学期が始まる前に共和国に派遣していた役人が大急ぎで戻って来た。

理由は「バルトファルト伯爵が、バリエル家に喧嘩を売りました！」という内容だ。

バリエル家と言えば、今の共和国で力を持つ家だった。

その報告に王宮が蜂の巣を突《つっ》いたような状況になっていると、すぐにまた役人が知らせを持って来た。

それは、バリエル家や共和国からの謝罪文だった。

いったい何が起きているのか、ローランドたちには想像もつかない。

だが、分かっていることが一つある。

ローランドが頭を抱えた。

思い浮かぶのは、リオンが笑っている顔——ニヤニヤしている顔。

とにかく、自分を嘲笑《あざわら》っている顔だ。

ローランドはリオンに悩まされ続けていた。

「くそぉぉぉ!!　寝ても覚めてもあいつのニヤニヤした顔がチラつく。どうして私が、男のことでこんなに悩まないといけないんだ。許さない。絶対に許さないぞ」

ここまで自分を苦しめた人間が、かつていただろうか？

ローランドはリオンに苦しめられていた。

共和国という異国の地にいながら、自分を苦しめてくるリオンが――ローランドは許せない。

「あのニヤけ面が絶望する顔が見たい。どうすればいい。どうすれば、奴が最高に嫌がることが出来る？」

ただ出世させるだけでは足りなかった。

プラスアルファ――もう一手間加えて、リオンを絶望させたいとローランドは知恵を絞るのだった。

「許さんぞ、小僧ぉぉぉ!!　必ずお前に復讐してやるからなぁぁぁ!!」

登場人物紹介

アルゼル共和国

ノエル・ベルトレ

あの乙女ゲーの二作目のヒロイン。ゲームではリビアの反省を活かして、サバサバした活発な女子をイメージされた。家庭的な技能が高く、料理も得意。レリアの双子の姉。

CHARACTERS

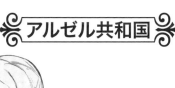

アルゼル共和国

レリア・ベルトレ

あの乙女ゲーのプレイヤーで、二作目についてはそれなりにプレイしている。バッドエンドが嫌いで見ないため、ゲーム知識は欠けている部分が多い。

ルイーゼ・サラ・ラウルト

アルベルクの実子で「悪役令嬢」。亡くなった弟を溺愛していたお姉ちゃん。ノエルたちがレスピナス家の生き残りと知っており、圧力をかけている。弟と同名で姿も似ているリオンに対しては優しく接してくる。

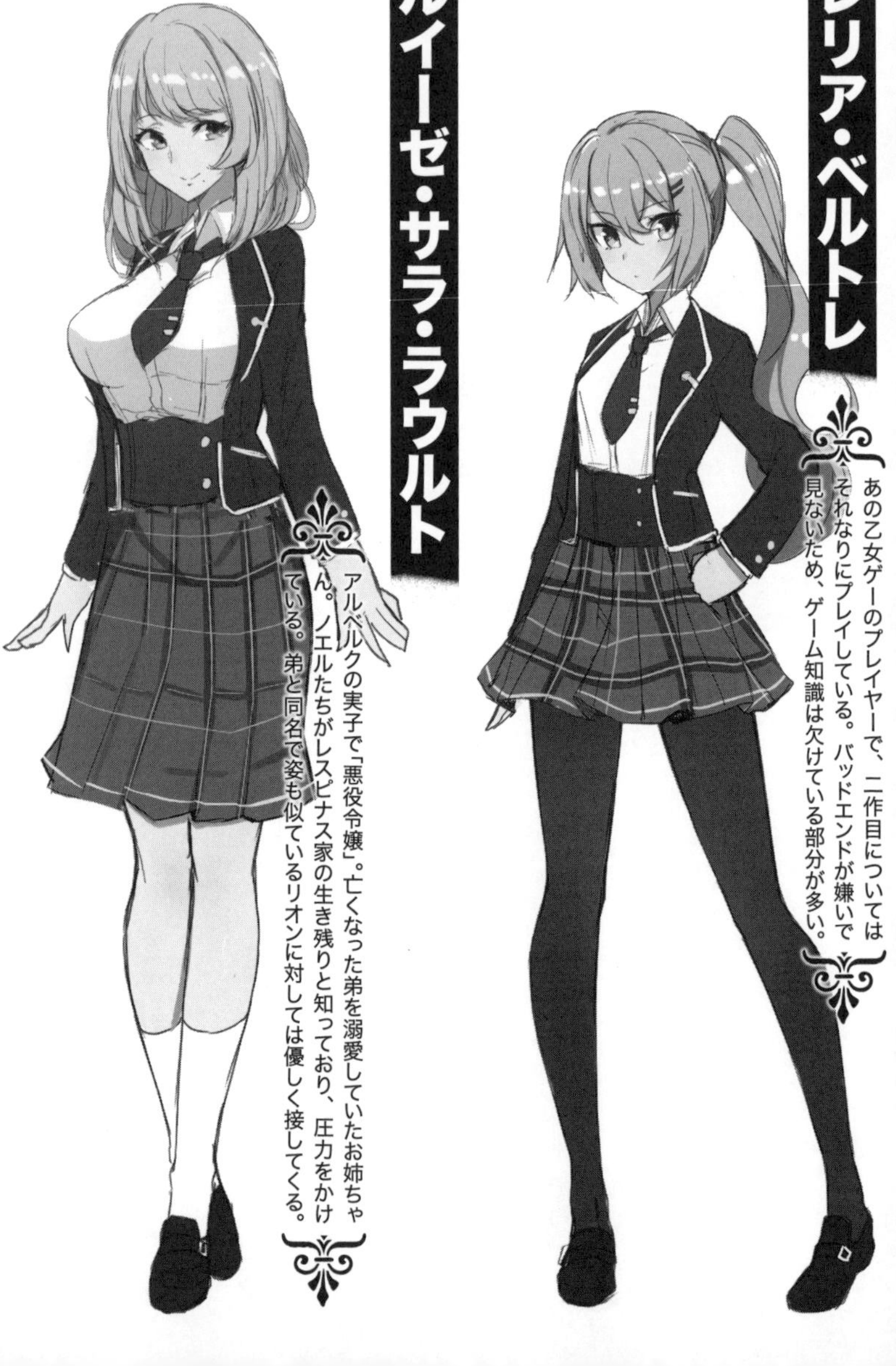

CHARACTERS

アルベルク・サラ・ラウルト

六大貴族のラウルト家の当主。ゲーム設定は悪の親玉であり、悪役令嬢であるルイーゼの父親。

ロイク・レタ・バリエル

六大貴族であるバリエル家の次期当主。ノエルのことが気になっているのだが、相手にされずに苛々している。ヤンデレ気質で、怒ると手が出てしまうDV体質。

フェルナン・トアラ・ドルイユ

六大貴族の当主の一人。ゲームでは隠しキャラで、条件を満たせば攻略可能になる男性。

ユーグ・トアラ・ドルイユ

一作目攻略対象の一人でブラコン。ドルイユ家の次男で、ルイーゼとの間に婚約話が持ち上がっている男子。

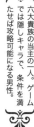

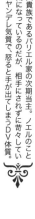

あとがき

五巻の購入ありがとうございます！

作者の三嶋与夢《みしまよむ》です。

今回は共和国編の第二巻と言ってもいい内容でしたね。

五巻のメインヒロインは間違いなくノエルでしたが、あの五人に対して読者の皆さんがどのような感想を持つのか気になりますね。

更に個性を強めた彼らに、リオンもマリエもタジタジでしたね。

Ｗｅｂ版ではクリスと同じ扱いだったグレッグですが、今回は書籍版ということであのようなキャラにしてみました。

Ｗｅｂ版よりもパワーアップした彼らを楽しんでもらえると嬉しいです。

でも、それよりも楽しんで欲しいのはノエルですね。

前回の四巻では、登場しながらもマリエの活躍の影に隠れてしまっていましたから。

マリエは本当に……ね。

何でこんなに人気なのでしょうか？

確かに人気が出てもおかしくない要素はありますが、書籍四巻だけを見ればリオンを抜いて人気が一位でしたからね。

トータルではリオンが一位なのですが、四巻だけを見ればマリエが一位。

ヒロインどころか、主人公を抜いて単巻で一位を取るマリエ――凄いですね。

アンケート特典のマリエルートも好評のようで、自分としては「!?」って気持ちです。

嬉しいけど……これっていいのか?

まぁ、喜ばれたら嬉しくなって書くんですけどね。

書きやすいですし。

今回も前回同様にオマケのレベルを超えていたので、よく書いたな~って自分でも感心しております。

五巻のアンケート特典もマリエルートの続きとなっているので、楽しんでいただけたら嬉しいです。

ノエルの話をまったく書いてないですね。

反省してノエルについて書きます。

ノエルって可愛いよね!　サイドポニーテールが最高!

――以上です。

次巻も全力で書かせてもらいますので、今後とも応援よろしくお願いいたします。

GC NOVELS

乙女ゲー世界はモブに厳しい世界です ★05

THE WORLD OF OTOME GAMES IS A TOUGH FOR MOBS.

2020年2月3日初版発行
2022年3月1日第4刷発行

著者 三《み》嶋《しま》与《よ》夢《む》

イラスト 孟達《モンダ》

発行人 武内静夫

編集 伊藤正和

装丁 森昌史

印刷所 株式会社平河工業社

発行 株式会社マイクロマガジン社
〒104-0041 東京都中央区新富1-3-7 ヨドコウビル
［販売部］TEL 03-3206-1641／FAX 03-3551-1208
［編集部］TEL 03-3551-9563／FAX 03-3297-0180
https://micromagazine.co.jp/

ISBN978-4-89637-975-4 C0093

本書は小説投稿サイト「小説家になろう」(https://syosetu.com/)に掲載されていたものを、
加筆の上書籍化したものです。

ファンレター、作品のご感想をお待ちしています!

宛 先 〒104-0041 東京都中央区新富1-3-7 ヨドコウビル
株式会社マイクロマガジン社 GCノベルズ編集部「三嶋与夢先生」係「孟達先生」係

右の二次元コードまたはURL（https://micromagazine.co.jp/me/）をご利用の上、本書に関するアンケートにご協力ください。

■ご協力いただいた方全員に、書き下ろし特典をプレゼント!
■スマートフォンにも対応しています（一部対応していない機種もあります）。
■サイトへのアクセス、登録・メール送信の際にかかる通信費はご負担ください。

THE WORLD OF OTOME GAMES IS A TOUGH FOR MOBS.